L'oligarchie ça suffit, vive la démocratie

Du même auteur

Fin de l'Occident, naissance du monde
Éditions du Seuil, 2013

Pour sauver la planète, sortez du capitalisme
Éditions du Seuil, 2009
et « Points Essais », n° 670, 2011

Comment les riches détruisent la planète
Éditions du Seuil, 2007
et « Points Essais », n° 611, 2009

Gaza
La vie en cage
(photographies de Jérôme Equer)
Éditions du Seuil, 2005

La Guerre secrète des OGM
Éditions du Seuil, 2003
et « Points Sciences », n° 177, 2007

La Révolution biolithique
Humains artificiels et machines animées
Albin Michel, 1998

La Baleine qui cache la forêt
Enquête sur les pièges de l'écologie
La Découverte, 1994

L'Économie à l'épreuve de l'écologie
Hatier, 1991

Hervé Kempf

L'oligarchie ça suffit, vive la démocratie

PRÉFACE INÉDITE

Éditions du Seuil

ISBN 978-2-7578-3230-1
(ISBN 978-2-02-102888-1, 1re publication)

Préface à l'édition de poche

Les élections se déroulent, les responsables politiques se disputent, des manifestations se produisent, les gouvernements prennent des décisions. La démocratie ? Non. Un théâtre de marionnettes dont nombre de fils sont tirés en dehors de la vue du public. Pourtant, les médias de masse répètent sans discontinuer qu'il s'agit là, non pas d'un théâtre, mais de la réalité. Comment ne pas croire un chœur si unanime ?

Mais la démocratie est gravement altérée, devenue prisonnière de la finance. Et il nous faut apprendre à raisonner à rebours du discours dominant, en nous référant au concept de « régime oligarchique », si obstinément ignoré par les griots des puissants, journalistes serviles et intellectuels intéressés à la domination. Régime oligarchique, c'est-à-dire système d'organisation politique dans lequel un petit nombre de personnes concentrent et se partagent les pouvoirs économique, politique et médiatique, et discutent entre eux des décisions à prendre pour la collectivité.

En décrivant le fonctionnement de ce nouvel état des choses, ce livre est au fond un manuel de science politique à l'usage des temps actuels. Publié d'abord en 2011, il a rencontré la faveur du public et a sans doute contribué à vulgariser l'emploi du mot « oligarchie » et de l'analyse que son usage implique. C'est donc avec joie que son auteur le voit paraître dans une édition encore plus accessible.

Les idées qu'il développe sont illustrées de nombreux exemples. Aurait-il fallu renouveler ceux-ci, qui s'écoulent en un flux continu et confirment jour après jour, pour l'œil exercé, la réalité du fonctionnement oligarchique de nos sociétés ? C'était réécrire le livre. Une tâche, au fond, peu nécessaire : les hommes changent, les comportements restent. Et les quelques années passées depuis la première édition n'ont pas marqué encore d'inflexion dans la logique du système d'organisation politique auquel est parvenu le capitalisme de ce début de XXIe siècle.

Cependant, le peuple commence à s'ébrouer, à relever la tête. Du printemps arabe au mouvement étudiant chilien, des indignés espagnols au printemps québecois, du refus français du gaz de schiste aux mouvements de grève au Bangladesh, les peuples redécouvrent leur puissance d'agir. Le succès n'est pas toujours au rendez-vous, mais l'on découvre que la domination n'est pas fatale.

Dans la période que nous vivons, et qui voit se conjuguer dans le même mouvement la crise écologique, le refus d'inégalités insupportables et l'aspiration à la démocratie, la chance est là, dans ce réveil de la conscience populaire. L'emportera-t-elle face aux tentations de repli et de xénophobie qu'excite l'oligarchie ? On ne saurait le dire. Mais devant une histoire qui est en train de basculer, les chances de l'émancipation doivent nourrir l'optimisme.

Un mot encore : le raisonnement présenté s'ordonne autour de la question politique centrale de notre époque, la question écologique. Chaque moment de l'histoire a son problème, et pour nous, c'est celui-là. De la capacité des démocrates à comprendre l'ampleur de ce défi et à formuler les solutions qu'il appelle dépend le succès de l'avenir.

Exorde

La planète est semée de lieux magnétiques où les humains ont rencontré les dieux. Les contemplant sur le voile de leurs rêves, les hommes ont su que leur défi serait de s'arracher à la glaise pour reproduire sur terre l'harmonie entrevue. Ils ont deviné aussi que leur aventure toujours échouerait, et qu'ils retomberaient pour se dresser à nouveau.

L'Acropole d'Athènes est de ces lieux. C'est un plateau rocheux dominant la plaine. Les temples qui s'y dressent affrontent, impavides, les marées du temps. L'œil se lève, oublie le monde, se noie le long des colonnes dans le ciel des dieux et de l'azur.

Ici a jailli le miracle grec : sur le terreau de civilisations puissantes et énigmatiques, un peuple a imaginé que l'esprit humain pourrait penser par lui-même. Dégageant pour la première fois de la pierre des corps palpitants et beaux, il a créé la raison, la philosophie, et la politique. Déniant aux prêtres, aux rois et aux puissants l'autorité que ceux-ci prétendaient s'attribuer par nature, il a inventé la démocratie, et démontré pendant deux siècles qu'une communauté humaine se gouvernant elle-même dans la justice et l'égalité était source de beauté, de puissance, et d'équilibre.

Ô Périclès, Hérodote, Aristote, combien est vitale aujourd'hui votre aimable leçon ! Au pied de l'Acropole, les oligarques ont repris le pouvoir. Bouffis de morgue et de suffisance, ils pressurent le peuple, détruisent la nature, bafouent toute règle. Plus cyniques que le plus retors des sophistes, ils affirment qu'ils sont démocrates. Forçant l'Europe qui est née de votre génie, ils transforment cette maternelle maîtresse en une marâtre cupide.

Ô Solon et Clisthène, jamais il n'a été plus urgent qu'en ce jour de secouer le joug ! Jamais plus nécessaire de retrouver la source vive de la liberté et de la mesure !

Introduction

La crise écologique domine l'entrée dans le troisième millénaire. Il n'est pas d'autre défi.

L'humanité va-t-elle la maîtriser, ou se laisser rouler sur la pente du désastre ?

Certains écologistes doutent de la sagesse du peuple et, plutôt que la démocratie, recommandent un pouvoir autoritaire. Mais ils commettent une erreur fondamentale : ils croient que nous sommes en démocratie. En réalité, le capitalisme finissant glisse vers une forme oubliée de système politique. Ce n'est pas la démocratie – pouvoir du peuple par le peuple et pour le peuple –, ce n'est pas la dictature – pouvoir d'un seul aux fins qui lui sont propres –, c'est l'oligarchie : le pouvoir de quelques-uns, qui délibèrent entre eux des solutions qu'ils vont imposer à tous.

Il est de l'intérêt des puissants de faire croire au peuple qu'il est en démocratie. Mais on ne peut pas comprendre le moment présent si l'on n'explore pas la réalité soigneusement occultée : nous sommes en oligarchie, ou sur la voie de l'oligarchie.

Ce livre mène cette exploration. Animé par le souci de répondre au problème fondamental : comment prévenir l'aggravation de la crise écologique, afin que s'épanouisse, brassée dans la même culture, une humanité digne, juste, et écologique ?

Identifier le mal, c'est se donner les moyens de le guérir. L'histoire est fille de la liberté. L'oligarchie peut être renversée, la démocratie refleurir, le peuple prendre en main son destin, l'équilibre écologique se reformer.

1

La tentation autoritaire

Le sommet de Copenhague sur le climat, en décembre 2009, fera date : pour la première fois s'y est exprimé avec une dureté à la mesure de l'enjeu le choc entre les intérêts nationaux et la nécessité de la coopération planétaire. Sur cette scène échevelée, agitée à un degré jamais vu auparavant par l'éventail complet de la société politique – manifestants, activistes, lobbyistes, journalistes, télévisions, diplomates, ministres, chefs d'État –, s'est joué le premier tableau du défi qui va dominer la politique du XXIe siècle : l'adaptation juste ou violente au changement climatique et à la crise écologique.

Ces quinze jours épiques se sont conclus par un final en forme de farce : une vingtaine de chefs d'État accouchant sur un coin de table d'un accord bancal à demi refusé dans la foulée par l'assemblée des délégués représentant les nations. Au petit matin, les dirigeants avaient disparu piteusement tandis que les diplomates épuisés renvoyaient à plus tard l'analyse d'un accord qui n'en était pas un. Chine, États-Unis, Europe, Afrique, Inde, Brésil avaient joué une sarabande effrénée où chacun, du plus haut dignitaire au plus humble balayeur, n'était qu'un acteur parmi l'immense troupe de figurants désaccordés. Rien de comique cependant dans ce moment de gravité. On ne s'était pas entendu. La raison aurait voulu qu'on le fasse ; mais les affaires du monde sont-elles guidées par la raison ?

Je retiens maintenant une phrase. Dans une interview, un écologiste connu en France, Nicolas Hulot, déprimé par cette conférence à l'issue inattendue, affirmait : « C'est la faillite de la démocratie. Il faut adapter nos institutions pour qu'enfin l'intérêt collectif domine. » Faillite de la démocratie. M. Hulot jugeait que les institutions des Nations unies avaient échoué à produire un accord.

La règle à l'Organisation des Nations unies (ONU) est que les décisions se prennent par consensus : pas exactement à l'unanimité, mais de façon telle que si une opposition déterminée, même minoritaire, s'affirme, l'assemblée rediscute la décision à prendre jusqu'à parvenir à un accord. C'est une expression certes imparfaite mais réelle de la démocratie planétaire, fondée sur le principe que chaque nation, quelle que soit sa puissance, dispose d'un droit égal à participer au choix commun. À Copenhague, plusieurs pays sud-américains, estimant que l'accord avait été élaboré dans le secret et sans concertation, refusèrent de l'approuver, entraînant l'assemblée à leur suite.

Comme souvent, il faut se méfier des jugements à l'emporte-pièce. En l'occurrence, l'échec de Copenhague découlait de la méthode adoptée par le gouvernement du Danemark qui, en tant que pays-hôte, présidait la conférence. Mme Connie Hedegaard, ministre danoise de l'Environnement, avait jugé indispensable une adhésion des États-Unis au texte qui résulterait de la réunion. Elle prit donc l'initiative de rédiger un texte très favorable à la position américaine, marginalisant le document « onusien » qui était issu du difficile processus de négociation précédant la rencontre. Ce document, pourtant, constituait une base effective de discussion. La manœuvre de Mme Hedegaard provoqua le raidissement de la majorité des pays dits du Sud, et toute la conférence s'empêtra dans ce conflit entre deux textes et deux approches. Nul ne peut dire si le document onusien aurait permis de déboucher sur un accord. Ce qui est certain, c'est que la tentative danoise de contourner la procédure démocratique de l'ONU échoua. À Copenhague, il n'y a pas eu échec de la démocratie, mais faillite de la prétention à faire mieux que la démocratie.

Il ne s'agit pas ici de discuter des péripéties du sommet. Mais de voir combien, en un moment si important, un inconscient s'est exprimé. M. Hulot est un homme intègre et animé des meilleures intentions. Son dépit à l'endroit de la démocratie n'en prend que plus de poids. Cependant, il n'est pas singulier : il fait écho à nombre de voix écologistes. Pour le philosophe Dominique Bourg, la démocratie « signifie aujourd'hui une forme représentative de gouvernement conçue durant les deux derniers siècles, et construite de telle sorte qu'elle obère grandement la capacité à faire face aux grands problèmes environnementaux ». James Lovelock, scientifique britannique concepteur de la théorie Gaïa, va plus loin : il juge que, face à la crise écologique, « il est nécessaire que quelques personnes ayant de l'autorité et en qui on ait confiance dirigent les affaires. On devrait vraiment pouvoir compter sur eux, bien sûr, mais cela ne peut pas arriver dans une démocratie moderne [...]. Il peut être nécessaire de mettre la démocratie de côté pour un moment ». Un chercheur australien, David Shearman, conclut pour sa part que « si la démocratie ne peut pas fournir leadership et action sur le changement climatique, sa survie doit être mise en question ». Et il coécrit un livre intitulé *Le Changement climatique et la Faillite de la démocratie*.

Le raisonnement de ces écologistes pour qui j'ai du respect peut s'énoncer ainsi : la crise écologique est d'une gravité telle qu'il faut prendre des mesures radicales pour la prévenir. Ces mesures revêtiraient la forme d'une réduction drastique de la consommation matérielle et énergétique. Mais la crise écologique n'est pas immédiatement sensible : les processus de destruction à l'œuvre ne feront sentir leurs effets que progressivement. De ce fait, les citoyens refusent de changer leur mode de vie destructeur à terme mais satisfaisant aujourd'hui. Comme ils élisent leurs dirigeants – c'est la démocratie –, ceux-ci, voulant plaire à leurs électeurs, ne prennent pas les mesures nécessaires. La crise écologique va donc s'aggraver au-delà de tout contrôle. Conclusion : puisque la démocratie ne peut adopter la politique indispensable au salut, puisqu'elle ne permet pas de prendre en compte les intérêts du long terme, la démocratie nuit au bien-être durable de l'humanité. Et il faut confier à une élite vertueuse le soin de mener la société sur le bon chemin.

Mussolini est un bon Chinois

Je reviendrai sur la faille béante de ce raisonnement. Mais il importe auparavant de souligner une convergence dont ces écologistes ne semblent pas avoir conscience. C'est que nombre de zélateurs du capitalisme expriment toujours plus ouvertement un constat similaire : il faudrait trouver mieux que la démocratie pour résoudre les problèmes de l'époque. Ils ne pensent pas une seconde à l'écologie ; bien au contraire, ces braves gens visent à gommer la démocratie parce qu'elle gênerait la croissance de l'économie. Et la croissance, c'est le bien, comme chacun sait.

On apprend ainsi, en lisant *The Economist*, que « les électeurs européens sont le plus grand obstacle aux ambitions [de l'Europe] de devenir plus dynamique et performante » : le « problème réel » du continent étant « la volonté politique et les préférences démocratiques ». À propos du principe de précaution, qui conduit – horreur ! – à remettre en question les organismes génétiquement modifiés ou à considérer la question du climat comme urgente, le philosophe patronal François Ewald déplore « une sorte d'hyperdémocratie des individus qui est fort préoccupante ». D'ailleurs, l'électeur est irrationnel, comme l'indique l'ouvrage de Bryan Caplan, publié en 2007 sous le titre : *Le Mythe de l'électeur rationnel. Pourquoi les démocraties choisissent des mauvaises politiques*, qui explique que l'économie se porterait mieux si l'on se « reposait moins sur la démocratie et plus sur les choix privés et les marchés libres » – un livre salué par le *New York Times*, sous la plume de Nicholas Kristof, comme « le meilleur livre politique de l'année ». Quant à Christophe Barbier, rédacteur en chef de *L'Express*, il recommande un nouveau traité européen ; mais puisque « les peuples ne valideront jamais un tel traité [...], un putsch légitime est nécessaire » de la part des chefs d'État et de gouvernement. De son côté, Alexandre Adler recommande sur l'antenne de France Culture une « dictature bienfaisante » pour la Grèce : « La Grèce pourrait être forcée, après des émeutes qui se préparent de façon évidente, à créer un gouvernement d'union nationale. On aurait ainsi la dictature, mais une dictature bienfaisante, de 90 % des électeurs grecs contre le peuple grec lui-même. Cette formule pourra choquer, mais en tout cas elle est nécessaire », assène l'éditorialiste.

Le terme de dictature peut d'ailleurs, dorénavant, être employé sans provoquer plus qu'un haussement de sourcil. Silvio Berlusconi affirme qu'« en tant que Premier ministre je n'ai jamais eu la sensation d'être au pouvoir ». Et pour s'expliquer, il précise : « J'ai lu les journaux intimes de Mussolini. J'ose vous citer les paroles de quelqu'un qui était considéré comme un grand dictateur » – et de reproduire une phrase du leader fasciste indiquant que son pouvoir se limitait à « seulement dire à [son] cheval d'aller à droite ou à gauche ». Un *think tank* capitaliste militant, the American Enterprise Institute, explique quant à lui, statistiques à l'appui, qu'en matière économique, « le manque de liberté peut être un avantage. Les dictatures ne sont pas gênées par les préférences des électeurs pour, disons, un État social [*welfare state*] ».

Le thème est repris par des analystes moins marqués, comme Thomas Friedman, éditorialiste centriste du *New York Times* : « Une autocratie gouvernée par un parti unique présente certainement ses défauts. Mais quand elle est dirigée par un groupe de gens raisonnablement éclairés, comme c'est le cas en Chine aujourd'hui, elle peut aussi avoir de grands avantages. C'est qu'un parti unique peut imposer des politiques difficiles à faire accepter mais essentielles [*critically important*] pour faire avancer une société dans le XXIe siècle. » De même, l'éminent critique littéraire George Steiner fait son deuil sans broncher de l'idéal démocratique : « Il est concevable que la solution dans les grandes crises économiques soit une solution à la chinoise, technocratique. Que nous évoluions vers un despotisme libéral. Ce n'est pas un oxymore. Il reviendra peut-être à des despotismes technologiques d'affronter les grandes crises qui dépassent les systèmes libéraux traditionnels. »

Mais ce recours trop apparent à la dictature pourrait choquer les électeurs occidentaux. Et un universitaire, Jean-Louis Rocca, lâche incidemment le grand secret : analysant l'incapacité des dirigeants chinois à bien comprendre l'Occident, il explique qu'ils « ne comprennent rien à la technologie du pouvoir démocratique qui permet aux classes dirigeantes de contrôler le peuple au nom de la légitimité populaire ». Oui, pourquoi parler de dictature et de régime autoritaire, alors que l'on contrôle si bien le peuple sous le beau nom de démocratie ? L'important est que les formes soient respectées.

L'aveu de moins en moins gêné de la nécessité de contourner ou de se passer de la démocratie marque un tournant important. Le capitalisme s'était toujours, durant son essor, associé à la démocratie : le libéralisme économique était frère du libéralisme politique, prenant sa source à la même idée selon laquelle la somme des conduites d'individus rationnels conduit à l'harmonie générale. Aujourd'hui, la disjonction entre les deux phénomènes est de plus en plus nettement affirmée.

Des citoyens au « faible rendement mental »

La critique capitaliste de la démocratie a commencé à s'affirmer au mitan du XXe siècle. Jusqu'alors, la démocratie était violemment dénigrée par le fascisme et par le marxisme. À partir des années 1940, des idéologues capitalistes ont commencé eux aussi – alors que le fascisme était défait – à critiquer l'idéal démocratique.

Une analyse majeure est de ce point de vue celle de l'économiste Joseph Schumpeter, qui publia en 1942 aux États-Unis son maître-ouvrage *Capitalisme, socialisme et démocratie*. Persuadé que l'étalon de la rationalité était celui de l'entrepreneur cherchant à maximiser son profit, le professeur de Harvard s'attaquait à la théorie libérale de la démocratie, en commençant par démontrer l'inanité du concept de bien commun. De même, le « peuple » n'avait pas de substance : la « volonté des citoyens » se réduisait à « un ramassis confus de vagues impulsions mollement rattachées à des slogans tout faits et à des impressions erronées ». Quant au citoyen, manipulé par les partis, conditionné par la publicité, occupé de ses affaires personnelles, il ne pouvait être rationnel : « Le citoyen typique, dès qu'il se mêle de politique, régresse à un niveau inférieur de rendement mental [...], il redevient un primitif. » Ainsi, pilotée par les politiciens, « la masse électorale est incapable d'agir autrement que les moutons de Panurge ». Ce diagnostic conduisait Schumpeter, qui ne prenait cependant pas explicitement position contre la démocratie, à réduire celle-ci à une procédure : « La méthode démocratique est le système institutionnel, aboutissant à des décisions politiques, dans lequel des individus acquièrent le pouvoir de statuer sur ces décisions à l'issue d'une lutte concurrentielle portant sur les votes du peuple. » C'est dire que la politique se réduit à une joute entre partis pour capter d'élection en élection les faveurs d'une masse à peu près stupide et conditionnée.

« Cette circonstance, poursuit Schumpeter, impose aux hommes placés au gouvernail ou près du gouvernail une vision à court terme et leur rend extrêmement difficile l'accomplissement des efforts persévérants orientés vers des fins à peine distinctes qu'impliquerait le service des intérêts à long terme du pays. » Ironie de l'histoire, Schumpeter reprenait la métaphore de Mussolini : « Le Premier ministre d'une démocratie pourrait être comparé à un cavalier si complètement absorbé par ses efforts pour rester en selle qu'il ne peut diriger sa course. » Au total, dans la vision de MM. Berlusconi et Schumpeter, on peut distinguer ainsi la dictature et la démocratie : dans le premier cas, le chef ne peut que commander à son cheval, dans le second, il ne peut qu'essayer de ne pas être désarçonné.

Quel était le pronostic final du professeur pour limiter les dégâts de ce système si médiocre ? Constituer une sorte de classe de dirigeants « de suffisamment bonne qualité », « une “strate” sociale, formée par un processus de sélection sévère, dont les éléments s'orientent tout naturellement vers la politique ».

Qu'à bien des égards la description de Schumpeter corresponde à la situation actuelle, on peut l'admettre. Qu'elle corresponde à la démocratie est une autre affaire. On y reviendra. Mais en chemin, il faut d'abord s'arrêter à une autre étape majeure de la critique capitaliste de la démocratie. Il s'agit de l'analyse de la Commission Trilatérale, publiée en 1975, et intitulée *Crisis of Democracy*. La Commission regroupe depuis son origine en 1973 des dignitaires politiques et économiques provenant des États-Unis, d'Europe et du Japon, afin de « renforcer la coopération entre ces trois régions ». Le chapitre le plus significatif du rapport de 1975 concernait les États-Unis et était rédigé par Samuel Huntington, le même Huntington qui s'illustrerait plus tard en théorisant le « choc des civilisations » censé opposer l'Occident à l'islam – une théorie qui ferait le miel des néo-conservateurs et d'une présidence aussi magnifiquement démocratique que celle de George W. Bush.

Que disait le rapport de la Trilatérale ? Il célébrait la démocratie, mais pour en déplorer les excès. « La décennie 1960 a témoigné de la vitalité de l'idée démocratique. Elle a été une décennie de poussée démocratique et de réaffirmation de l'égalitarisme démocratique. » L'auteur n'avait pas besoin de citer ce qui était alors évident pour tout le monde : la lutte contre la guerre au Vietnam, les mouvements de Mai 68, la révolution hippie, l'énergie populaire qui avait poussé partout à l'amélioration des revenus du travail. Inconvénient de cette effervescence : « La vitalité de la démocratie aux États-Unis dans les années 1960 a engendré une augmentation substantielle de l'activité gouvernementale et une diminution substantielle de l'autorité gouvernementale. » Au moment de la rédaction de l'ouvrage, le président Richard Nixon venait d'être contraint à la démission après qu'il eut été prouvé qu'il avait commandité la pose d'un système d'écoutes téléphoniques au siège du Parti démocrate, dans l'immeuble Watergate.

En fait, concluait Huntington, « plusieurs des problèmes de gouvernance aux États-Unis aujourd'hui découlent d'un excès de démocratie [...]. Ce qui est nécessaire est un degré plus grand de modération dans la démocratie ». L'habitude qui s'était prise d'exprimer son point de vue était décidément gênant : « Le bon fonctionnement d'un système politique démocratique requiert habituellement une certaine mesure d'apathie et de non-engagement d'une partie des individus et des groupes. »

M. Huntington concluait en ces termes : « Nous en sommes venus à reconnaître qu'il y a potentiellement des limites désirables à la croissance économique. Il y a aussi potentiellement des limites désirables à l'extension indéfinie de la démocratie politique. » Par le plus infortuné des hasards, la croissance ne serait pas remise en question par la suite par les affidés de la Trilatérale. Pour ce qui est de l'extension de la démocratie, en revanche…

Dans la belle théorie de M. Schumpeter, il y avait un point que le digne professeur avait bien vu, mais qu'il avait relégué dans une note de bas de page, sans chercher à exercer sa verve cynique. À propos des « intérêts capitalistes organisés », il remarquait : « On doit reconnaître que des ressources privées sont fréquemment employées aux fins d'interférer avec le fonctionnement du mécanisme de commandement concurrentiel. » Et ? Rien ! Le citoyen est un primitif, le peuple n'existe pas, mais l'interaction entre les intérêts capitalistes organisés et la démocratie ne vaut pas plus que deux lignes. De même, la Trilatérale, trente ans plus tard, entr'apercevrait l'ombre de l'esquisse d'un problème : dans des « remarques », un membre de la commission observait « un nouvel aspect » : « Les gouvernements démocratiques peuvent éprouver des difficultés à faire face au pouvoir d'institutions extraparlementaires […]. Je pense à deux puissantes institutions économiques – les compagnies géantes et les syndicats grands et puissants. » On sait ce qu'il est advenu des « grands et puissants syndicats ». Mais des compagnies géantes ?

C'est David Rockefeller, membre de la Trilatérale et président de la Chase Manhattan Bank, qui allait donner la réponse en 1999 dans *Newsweek* : « Dans les dernières années, une large partie du monde a tendu vers la démocratie et les économies de marché. Cela a amoindri le rôle des gouvernements, ce qui est quelque chose à quoi les hommes d'affaires sont favorables. Mais l'autre aspect de ce phénomène est que quelqu'un doit prendre la place du gouvernement, et les entreprises [*business*] me semblent être l'entité logique pour le faire. »

La boucle pouvait alors se boucler : il ne restait qu'à bien exercer « la technologie du pouvoir démocratique qui permet aux classes dirigeantes de contrôler le peuple au nom de la légitimité populaire ». Et puisque cela marche si bien, on peut même lancer quelques ballons d'essai sur l'idée de dictature. Bienfaisante, bien sûr.

2

Le glissement vers l'oligarchie

Le sommet de Copenhague fut, du point de vue journalistique, un moment extraordinaire. Et pourtant, malgré l'intensité foisonnante de ces journées qui paraissaient dépasser vingt-quatre heures, il me fallait une pilule quotidienne d'évasion, une injection de lecture, le flash d'une page de livre : dans la nuit, quelques passages de *Mes voyages avec Hérodote* de Kapuscinski constituèrent cet ailleurs indispensable.

Ryszard Kapuscinski était un reporter polonais qui a écrit, jusque dans les années 1980, des reportages parmi les plus beaux que je connaisse. Dans *Le Shah*, décrivant l'Iran sous le règne de Reza Pahlavi entre 1941 et 1979, il dresse un tableau glaçant de ce qu'est une dictature : la somme incroyable de violence et de souffrance qu'entraîne le pouvoir d'un tyran convaincu de sa raison, la peur du policier et de la dénonciation qui paralyse la conduite de chacun, la méfiance de tous envers tous, jusqu'entre parents et enfants.

Mes voyages avec Hérodote entremêle reportages contemporains et récits de son antique collègue, dont l'œuvre était le fidèle compagnon de voyage de son lointain successeur. Passé et présent y résonnent, ils vibrent l'un par l'autre, faisant sentir que l'actualité de tout moment – car le présent n'est qu'un passé en devenir – trouve son sens par la part d'humanité dont elle est porteuse.

Dans cette pérégrination littéraire sans finalité apparente, Kapuscinski – dont les reportages sont eux-mêmes si proches de ses sujets, si loin du cynisme méprisant d'un Schumpeter – décrit la personnalité d'Hérodote : « Il n'y a en lui ni méchanceté ni haine. Il essaie de tout comprendre, cherche toujours à savoir pourquoi Untel agit de telle façon et pas autrement. Il n'accuse pas l'homme en tant qu'individu, il accuse le système. Ce n'est pas l'être humain qui, de nature, est mauvais, dépravé, mesquin, mais le système dans lequel il est amené à vivre. C'est pourquoi Hérodote est un défenseur acharné de la liberté, un adversaire du despotisme, de l'autocratie et de la tyrannie, car il considère que seule la démocratie permet à l'individu de se comporter avec dignité, d'être lui-même, d'être humain. "Regardez, semble nous dire Hérodote, un minuscule groupe d'États grecs a réussi à vaincre une immense puissance orientale ! Pourquoi ? Parce que les Grecs se sentaient libres et, pour cette liberté, ils étaient prêts à tout donner." »

Ce portrait pourrait être celui de l'esprit qui a présidé à l'invention de la démocratie.

« Je ne veux ni commander ni obéir »

Notre temps semble sans mémoire. Oublierions-nous que nous devons aux Grecs les formes de notre pensée politique ?

L'une des histoires d'Hérodote expose très bien les régimes possibles par lesquels les hommes cherchent à accorder leurs intérêts communs et leurs désirs divergents. La scène se passe en Perse, après que sept seigneurs ont renversé le pouvoir des mages. Ils tiennent conseil afin de déterminer comment, dorénavant, il faudra gouverner. L'un d'entre eux, Otanès, propose de mettre l'autorité en commun : « Comment, en effet, la monarchie pourrait-elle être un bon gouvernement ? Le monarque fait ce qu'il veut, sans rendre compte de sa conduite. L'homme le plus vertueux, élevé à cette haute dignité, perdrait bientôt toutes ses bonnes qualités. Car l'envie naît avec tous les hommes, et les avantages dont jouit un monarque le poussent à l'insolence. Or, quiconque a ces deux vices a tous les vices ensemble. » La solution ? « Il n'en est pas de même du gouvernement démocratique », poursuit Otanès. « Premièrement, on l'appelle isonomie – égalité des lois ; c'est le plus beau de tous les noms. Secondement, il ne s'y commet aucun de ces désordres qui sont inséparables de l'état monarchique. Le magistrat s'y élit au sort ; il est comptable de son administration, et toutes les délibérations y sont prises en commun. » Il conclut : « Tout se trouve dans le peuple. »

Mégabyse, quant à lui, propose d'instituer l'oligarchie : « Le peuple n'a ni intelligence ni raison. Eh ! Comment en aurait-il, lui qui n'a jamais reçu aucune instruction, et qui ne connaît ni le beau, ni l'honnête, ni le décent ? Il se jette dans une affaire tête baissée et sans jugement [...]. Faisons choix des hommes les plus vertueux ; mettons-leur la puissance entre les mains : nous serons nous-mêmes de ce nombre. »

C'est à Darius de parler. « Il n'y a rien de meilleur que le gouvernement d'un seul homme, quand il est homme de bien [...]. Les délibérations sont secrètes, les ennemis n'en ont aucune connaissance. Il n'en est pas ainsi de l'oligarchie : ce gouvernement étant composé de plusieurs personnes qui s'appliquent à la vertu dans la vue du bien public, il naît ordinairement entre elles des inimitiés particulières et violentes. Chacun veut primer, chacun veut que son opinion prévale. » Et pour la démocratie, elle ne vaut guère mieux : « Quand le peuple commande, il est impossible qu'il ne s'introduise beaucoup de désordre dans un État. La corruption, une fois établie dans la république, ne produit point des haines entre les méchants ; elle les unit, au contraire, par les liens d'une étroite amitié : car ceux qui perdent l'État agissent de concert et se soutiennent mutuellement. »

Darius est approuvé par le conseil. Otanès déclare alors : « Perses, puisqu'il faut que l'un de nous devienne roi [...], vous ne m'aurez point pour concurrent. Je ne veux ni commander ni obéir. Je vous cède l'empire, et je m'en retire, à condition cependant que je ne serai sous la puissance d'aucun de vous. » Il partit. Et comment choisit-on le monarque ? « Il fut décidé que le lendemain matin, ils se rendraient à cheval devant la ville, et qu'on reconnaîtrait pour roi celui dont le cheval hennirait le premier au lever du soleil. » Encore un cheval ! Décidément...

On ne fait guère mieux qu'Hérodote pour expliquer les trois formes de régime qui régissent la pensée politique occidentale depuis plus de deux millénaires. Notons un point essentiel : Otanès ne fait pas référence à la vertu pour justifier la démocratie, mais insiste sur la loi et sur la délibération. En revanche, les autres plaideurs fondent la valeur de l'oligarchie et de la monarchie sur une condition : qu'elles soient aux mains d'« hommes de bien » ou d'un « homme vertueux ». Mais que valent ces régimes quand la vertu n'est pas à leur tête ?

Sommes-nous déjà en oligarchie ?

Revenons à nos écologistes. Croyez-vous que je vous emmène battre la campagne à cheval en les oubliant ? En oubliant la question qu'ils posent ? En oubliant le fait majeur qui définit notre époque : la crise écologique et la nécessité impérative d'en prévenir l'aggravation si nous voulons éviter le chaos d'une communauté humaine allant sur ses 9 milliards d'habitants ? Oh non ! C'est bien la question essentielle : comment allons-nous

nous organiser ? Comment allons-nous décider ? Mais d'abord : que se passe-t-il ?

On se rappelle leur raisonnement : la crise écologique est d'une gravité telle qu'il faut prendre des mesures radicales pour la prévenir. Mais les citoyens d'aujourd'hui refusent de changer leur mode de vie destructeur. Dès lors, les dirigeants qu'ils élisent ne prennent pas les mesures qui s'imposent. La démocratie est défaillante.

Ce raisonnement renforce involontairement les tendances autoritaires du capitalisme, on l'a vu. Surtout, il repose sur un postulat erroné : il suppose que nous sommes en démocratie, et que celle-ci fonctionne bien. Mais sommes-nous en démocratie – un régime où le peuple gouverne, ses représentants mettant en œuvre la volonté populaire ? Ou vivons-nous dans une apparence de démocratie ? Dans une oligarchie travestie en démocratie ? Une oligarchie, c'est-à-dire un régime où un petit nombre, une étroite couche dirigeante, discute et adopte en son sein les décisions qu'il lui paraît nécessaire de prendre ?

Dans mes précédents ouvrages, j'ai employé systématiquement le terme d'« oligarchie » pour caractériser la situation actuelle. Mais en laissant subsister une ambiguïté qu'il faut éclaircir : car le terme désigne à la fois une réalité sociologique – l'oligarchie regroupe les oligarques, les membres de l'oligarchie – et un système politique – l'oligarchie par opposition à la démocratie ou à la monarchie. Ainsi, l'on vit à la fois en état d'oligarchie et sous la direction d'une oligarchie.

Aussi imparfaite qu'elle fût avant 1980, la démocratie était autrement vivante que le régime que nous connaissons. La question en cette deuxième décennie du XXIe siècle est dès lors celle-ci : sommes-nous d'ores et déjà en oligarchie ? Sinon, à quel degré exactement nous situons-nous dans le glissement de la démocratie vers l'oligarchie ?

Il est heureux que la perception du problème émerge enfin. Le concept s'est réintroduit dans le vocabulaire politique à la faveur du pillage des biens collectifs organisé en Russie, lors de la chute de l'URSS, par des membres de la nomenklatura soviétique et des malandrins qui avaient commencé à prospérer durant les années précédentes. Le terme d'« oligarques » est ainsi entré dans le langage courant. Mais tout se passait comme s'il s'agissait d'une sorte d'anomalie russe, ce peuple souvent considéré comme bizarre et jamais vraiment civilisé. Que de condescendance !

La réalité du pillage organisé par les capitalistes dans le « monde libre » a fini par percoler dans les cervelles les plus obtuses, et l'on voit le mot d'« oligarchie », si précis et exact, s'insinuer dans le langage. Il paraît approprié pour décrire la situation de pays du Sud : à propos des Philippines, du Gabon, ou de la Chine, « sur la voie d'un capitalisme oligarchique ». Et l'on découvre que le terme est utile pour comprendre les États-Unis, où, à l'occasion de la suppression du plafond de financement électoral par les entreprises, un internaute du *Washington Post* s'alarme de la « marche vers l'oligarchie », tandis qu'un éditorialiste incrimine dans un article sur le « crépuscule des élites » les « vieilles et grosses oligarchies ».

Chez quelques intellectuels audacieux, le mot s'installe : Éric Hazan, pour qui le mot « peuple » a du sens, désigne « les membres de l'oligarchie au pouvoir », *Le Monde diplomatique* titre un dossier « Triomphe de l'oligarchie », tandis qu'Emmanuel Todd constate la « proximité exhibée » de M. Sarkozy avec l'« oligarchie ». Les sociologues Michel Pinçon et Monique Pinçon-Charlot analysent en détail la politique du président français comme l'expression impudente de la classe oligarchique. Même le prudent Marcel Gauchet, théoricien conformiste de la démocratie libérale, tente d'analyser l'« oligarchisation ».

Mais on tourne autour du pot : on aborde l'oligarchie comme un groupe social, comme une sorte de mise au goût du jour du concept marxiste de « bourgeoisie », sans oser la penser comme le régime dans lequel le capitalisme est en train de nous faire glisser, pour autant que nous n'y soyons pas déjà enfermés.

Pourtant, on sent bien que la démocratie va mal. Croire à sa robuste définition, celle donnée, par exemple, par la Constitution de la République française – « gouvernement du peuple, par le peuple et pour le peuple » –, semble extravagant. Cependant on ratiocine, on soupèse, on tergiverse, on entoure le malade de myriades de qualificatifs, supposés définir le symptôme ou le remède : la démocratie serait-elle « d'opinion », « d'influence », « participative », « médiatique », « d'action », « d'élection », doit-elle être « sociale », voire « adulte » ? Les savants ne savent pas et pataugent. Parce qu'ils renâclent à formuler l'hypothèse qui s'impose : nous ne sommes plus en démocratie.

Être riche, c'est…

Nous allons examiner pas à pas cette hypothèse, qui pose que le peuple est dépossédé de sa souveraineté par une classe d'oligarques. En commençant par caractériser celle-ci.

Quelle est la valeur qui, en régime capitaliste, confère prestige et statut ? La fortune. Le critère pour dessiner la classe des oligarques est donc simple : le revenu et le capital. Identifions le groupe des riches, et nous aurons une idée assez claire de l'oligarchie présente. Cela paraît évident dans notre culture saturée par les valeurs monétaires, mais je le précise parce que l'histoire a connu toutes sortes d'oligarchies fondées sur d'autres types de prestige et de pouvoir, tels que l'art militaire, le savoir technique, ou la communication avec un ou des dieux.

Chez nous, c'est l'argent – et l'on pourrait aussi bien parler de ploutocratie (pouvoir de la richesse) à propos de notre variante d'oligarchie.

La fortune, donc. Qui est riche ? Assez peu de gens, par définition, sachant que beaucoup de riches sont persuadés de ne pas être riches. Les statisticiens rangent la population par ordre croissant de revenu, et la divisent en dix groupes de nombre égal. Ils observent ensuite les niveaux de revenu qui délimitent chaque groupe, ou « décile ». Le dixième supérieur constitue les riches ou, selon le vocabulaire de l'INSEE, l'Institut français de la statistique, les hauts revenus. En 2007 en France, une personne seule faisait ainsi partie du groupe des hauts revenus si elle gagnait un peu moins de 3 000 euros par mois, avant impôts et hors prestations sociales. Soit à peu près le double du revenu moyen de la population.

Ce niveau s'ajuste en fonction du nombre de personnes par foyer : chaque adulte supplémentaire et chaque enfant de plus de 14 ans compte pour une demi-part supplémentaire, chaque enfant de moins de 14 ans pour 0,3 part. En 2007, un couple avec deux enfants de plus de 14 ans était ainsi riche s'il gagnait plus de 7 500 euros par mois.

On peut raffiner l'analyse, en distinguant le dixième de ce décile supérieur regroupant les plus prospères, soit 1 % de la population totale : on appartenait en 2007 à cette catégorie – appelons-la les « très riches » – si l'on gagnait plus de 7 040 euros par mois, ou, pour un couple avec deux enfants, 17 600 euros mensuels.

Plus fort ? Les 0,1 %, les « hyper-riches ». Là, on entrait au club si l'on gagnait 57 000 euros par mois. Pour un couple avec deux enfants de 14 ans, le sésame s'établissait à 142 500 euros par mois. Rappelons-le : le revenu moyen d'un ménage français avec deux enfants est de l'ordre de 3 300 euros par mois, soit quarante fois moins qu'un couple hyper-riche.

Qui constitue l'oligarchie ? Les riches, les très riches, ou les hyper-riches ? Dans une société où l'argent est maître, l'ensemble des riches – un dixième de la population totale – dispose d'une capacité indiscutable d'influence et de puissance, et pourrait être considérée comme en faisant partie. Mais, à tort ou à raison, les personnes qui gagnent dans les 5 000 euros par mois, s'ils se sentent responsables, se perçoivent rarement comme exerçant le pouvoir politique ou économique. De surcroît, on trouve également des riches en régime démocratique – cela a par exemple été constamment le cas durant les deux siècles de floraison de la démocratie grecque, et c'était bien sûr le cas durant les années 1960.

Pour résoudre ce petit mystère, il ne faut pas seulement considérer la photo à un instant donné, comme nous venons de le faire, mais regarder le film, c'est-à-dire la dynamique d'évolution des revenus durant les cinquante dernières années. Comme je l'ai exposé dans un précédent ouvrage, le capitalisme a pris un virage en 1980 : à partir de cette date, l'inégalité a crû de manière constante dans tous les pays occidentaux, après plusieurs décennies au cours desquelles la distribution des revenus était restée stable. Au sein de ce mouvement général s'est produit un mouvement crucial : le groupe des très riches a fait croître sa part des revenus beaucoup plus rapidement que l'ensemble de la société, mais aussi bien plus rapidement que les 10 % de riches. L'inégalité ne s'est pas seulement accrue globalement, elle s'est aussi exprimée avec force au sein du groupe des riches. Le phénomène s'est manifesté à partir des années 1980 aux États-Unis, comme l'ont révélé les économistes Thomas Piketty et Emmanuel Saez : les 1 % très riches ont vu leur part du revenu national passer de 8 % au début des années 1980 à 16 % au début des années 2000, quand les 10 % de riches passaient de 25 % à seulement 27 %.

L'évolution est similaire en France, avec un temps de retard : Camille Landais a montré qu'entre 1998 et 2005, les 1 % de très riches ont vu leurs revenus croître de 19,4 %, deux fois plus que les 10 % de riches (8,7 %). Quant aux hyper-riches, ils se sont envolés à + 32 %. Entre le riche et l'hyper-riche, la distance s'est allongée beaucoup plus qu'entre le riche et l'employé. Au sommet de la société s'est détaché un groupe fortement cohérent qui suit une logique propre, en termes de pouvoir comme de mode de vie, si bien qu'il est possible de raconter, ainsi que le fait *Newsweek*, comment les « vraiment riches se mettent à l'écart des simples millionnaires, derrière des portes fermées ».

Le mouvement est le même dans les autres pays occidentaux, mais aussi dans les grands pays émergents, telles la Chine et l'Inde. Dans ces pays comme partout, l'inégalité globale a fortement augmenté, mais les hyper-riches y ont aussi tiré leur très grosse épingle du lot, si l'on en croit l'indicateur du nombre de milliardaires en dollars. Ils étaient 3 en Chine en 2003, et… 130 en 2009, selon le Hurun Report, un organisme chinois qui tient à jour la « liste des riches Chinois » (*China Rich List*). De même, en Inde, la part de la richesse nationale détenue par les 100 Indiens les plus riches est passée de 0,4 % en 1998 à 25 % en 2009, selon la revue *Forbes*.

Ainsi, à l'intérieur du creusement mondial de l'inégalité s'est emboîté un mouvement d'extension de l'inégalité au sommet de la pyramide, au sein même du groupe des riches. Si bien que bon nombre de ceux-ci se sentent paradoxalement dénués d'influence, voire déclassés, tant la distance s'est accrue avec le sommet de la pyramide. Ce qui ne les empêche pas de partager les valeurs, et donc de conforter le pouvoir, de ceux qui incarnent le summum du prestige dans une société obsédée par l'argent.

« Nous avons gagné la guerre »

Les livres sur la démocratie se comptent par centaines et remplissent des rayonnages entiers de bibliothèques. Mais d'études politiques sur l'oligarchie, point. Le dernier livre qui ait vraiment réfléchi au fait oligarchique est l'ouvrage de Robert Michels paru en… 1911, il y a cent ans (*Les Partis politiques.* Sous-titré : *Les tendances oligarchiques des régimes démocratiques*). Depuis, la science politique ne s'est plus intéressée au concept. Au XXe siècle, pour des raisons historiques bien compréhensibles, elle s'est focalisée sur l'analyse de la dictature, puis elle a ratiociné sans fin et paresseusement sur la démocratie libérale. Et l'oligarchie ? Non, c'est quoi ?

Résultat : on ne sait pas penser le monde dans lequel nous vivons. Exemple : un magistrat, Serge Portelli, est légitimement inquiet de la dérive policière du régime de M. Sarkozy, en France. Comment formule-t-il son inquiétude ? En décrivant « cette situation intermédiaire, où nous ne sommes ni dans la démocratie ordinaire, ni dans la dictature, mais où l'on trouve tous les ferments d'un basculement possible ». Il ne possède pas le mot pour dire ce qui se trouve entre la démocratie et la dictature : l'oligarchie. Il n'y pense pas, parce que personne ne lui a fait savoir que cela pouvait exister.

Ce vide conceptuel est un piège redoutable. Car qui oserait prétendre que nous sommes en dictature ? Mais si l'on ne sait pas penser la politique autrement que comme une alternative entre dictature et démocratie, si par ailleurs l'on reconnaît que l'on n'est pas en dictature, la conclusion logique est d'admettre… que nous sommes en démocratie. Et pourtant, elle ne va pas bien, cette démocratie, il y a évidemment quelque chose qui cloche, et que l'on ne sait pas définir. C'est de ce piège que jouent les oligarques : « Nous ne sommes pas en dictature, voyons ! On vote, les médias sont libres, non ? » Bien, enfin, pas tout à fait, cependant, certes, bon, on est en démocratie… Mais on glisse, on glisse… Le mot manque. Rien de plus difficile que d'appréhender quelque chose qu'aucun terme ne désigne.

L'oligarchie a disparu de la conscience politique, comme si elle n'était pas un archétype majeur des façons dont les hommes peuvent se gouverner. C'est la ruse suprême de l'oligarchie. Quoi de plus efficace, de plus puissant, qu'un pouvoir invisible ?

Le sociologue anglais Colin Crouch, dans un essai remarquable, a décrit la situation politique sous le terme de « post-démocratie », qui correspond assez bien à la forme actuelle du régime oligarchique : « Même si les élections existent et peuvent changer les gouvernements, le débat électoral est un spectacle soigneusement contrôlé et géré par des équipes rivales de professionnels experts dans les techniques de persuasion. Le débat porte sur le petit nombre de dossiers sélectionnés par ces équipes. La masse des citoyens joue un rôle passif, voire apathique, en ne réagissant qu'aux signaux qui lui sont envoyés. Derrière le spectacle du jeu électoral, la politique réelle est définie en privé dans la négociation entre les gouvernements élus et les élites qui représentent de manière écrasante les intérêts des milieux d'affaires. »

Répétons-le : l'oligarchie, ce n'est pas la dictature, c'est le gouvernement par le petit nombre des puissants. Entre eux, ils discutent, réfléchissent, s'opposent, rivalisent. Ils font « démocratie », mais entre eux, sans le peuple. Et quand la décision est prise, elle s'impose, même si l'on y mettra les formes en habillant avec un art consommé la procédure électorale et la discussion publique.

La classe ouvrière a perdu sa conscience unitaire, le peuple ne se voit plus comme tel, la société se croit une collection indistincte d'individus segmentée en communautés ethniques, religieuses, régionales ou sexuelles. L'oligarchie, elle, a une conscience de classe aiguisée, une cohérence idéologique sans faille, un comportement sociologique parfaitement solidaire.

Elle a gagné, et il faut vraiment faire profession de politologue pour affecter de ne pas le savoir. L'un des trois hommes les plus riches du monde, Warren Buffet, le dit sans ambages. Il reçoit en 2006 un journaliste, qui raconte la scène : « Il s'avéra que M. Buffet, avec un revenu immense, payait une fraction beaucoup plus petite, mais vraiment beaucoup plus petite de son revenu en impôt que les secrétaires ou employés travaillant dans ses bureaux. Durant la discussion, il apparut que M. Buffet n'utilisait aucune ruse fiscale. Il payait juste ce que les services des impôts demandaient. "Comment est-ce possible, comment cela peut-il être juste ?", demanda-t-il. J'étais d'accord avec lui, mais je lui dis que quiconque essaierait de poser ce problème serait accusé de fomenter la lutte des classes. "Il y a une lutte des classes, tout à fait", répliqua M. Buffet, "Mais c'est ma classe, la classe des riches, qui mène la guerre, et nous la gagnons". »

Ceux du club

L'oligarchie ne se cache plus. Elle se réunit de moins en moins discrètement, sûre de l'indifférence du public. On a parlé de la Commission Trilatérale créée en 1973 par des « citoyens privés » du Japon, d'Europe et des États-Unis. « Le but immédiat était de réunir un groupe non officiel de responsables du plus haut niveau possible pour réfléchir ensemble aux problèmes communs posés à nos trois régions », indique sa présentation. Un club choisi, où l'on retrouve banquiers, PDG et hommes politiques prometteurs. En 1975, par exemple, Edmond de Rothschild voisinait avec Gerhard Schröder, futur chancelier allemand, et Mary Robinson, future présidente de la république d'Irlande. La Trilatérale se réunit régulièrement. Sa réunion annuelle a eu lieu en 2010 à Dublin. Elle compte 390 membres, « des leaders distingués du monde des affaires, des médias, des universités, de la politique, des syndicats et d'autres ONG ».

Divers rapports émanent des réflexions de personnes aussi désintéressées. Par exemple, en 2007, un document sur la sécurité énergétique et le changement climatique dont le plat principal est un texte d'Anne Lauvergeon, présidente du groupe nucléaire Areva, évidemment impartiale.

Mme Lauvergeon, tiens. Nous la retrouvons début juin 2010 à Barcelone, en Espagne. Que fait-elle là, en compagnie de Bill Gates – premier ou deuxième homme le plus riche du monde –, de Robert Rubin – membre pendant vingt-six ans de la firme Goldman Sachs, avant de parachever, comme secrétaire au Trésor de Bill Clinton, la dérégulation financière – et d'une vingtaine de financiers et de responsables politiques, écoutée par des « rapporteurs » – confidentiels – du journal *The Economist* ? Elle participe à la réunion annuelle du groupe Bilderberg.

Le groupe Bilderberg ? Invisible sur l'écran radar des éminents spécialistes qui font profession de nous expliquer le monde. En témoigne cette émission d'une télévision française, « C dans l'air », animée par Yves Calvi, sur le thème « Qui gouverne le monde ? ». Le journaliste a réuni Jean-François Kahn, éditorialiste talentueux, Gérard Chaliand, géopolitologue, Nicole Bacharan, politologue, Jacques Rupnik, directeur de recherches en relations internationales. Un téléspectateur envoie une question, que l'animateur lit :

« Yves Calvi : Que savez-vous de l'organisation mondiale Bilder..., je vais y arriver..., Bilderberg – moi je n'en avais jamais entendu parler – qui réunit chaque année les personnages les plus influents du monde ? Vous connaissez ça vous ?

– Non.

– J'ignorais.

– Calvi : Ben voilà, c'est un bide en direct.

– Kahn : Je connais la Tricontinentale [*sic*], je connais Davos, mais je connais pas…

– Bacharan : Je ne connais pas du tout cette organisation donc je n'en dirai rien.

– Calvi : C'est peut-être une invention d'un téléspectateur qui nous teste ?

– Bacharan : Peut-être qu'il voulait vérifier…

– Chaliand : Je me méfie beaucoup de ces organisations mondiales qui dans l'ombre se réunissent et distribuent en quelque sorte les dividendes et les rôles. C'est une longue histoire. »

Avec des vigies aussi bien informées, on voit que la démocratie est bien défendue. Le groupe Bilderberg est né en 1952, afin de rapprocher les élites américano-européennes en temps de guerre froide. Ce club a dessiné la mise en œuvre pratique de l'idéologie capitaliste que ses membres, fort influents, ont contribué à implanter. Il se réunit chaque année. Par exemple, on y a vu Dominique Strauss-Kahn, alors ministre de l'Économie, en 2000, ou Alexandre Adler, adepte des bienfaisantes dictatures, en 2003. Lors de la réunion de juin 2010 à Sitges, près de Barcelone, la presse espagnole s'est émue de ce conclave de personnalités amenées par des limousines noires dans un hôtel de luxe sous garde policière.

Ni la Trilatérale, ni le Bilderberg, ni les divers cénacles de ce type existant dans le monde ne constituent un complot. Il s'agit simplement d'une délibération entre pairs visant à conforter une analyse commune et à définir des lignes d'action. Le réseau des clubs oligarchiques tient lieu tout à la fois d'épreuve de reconnaissance statutaire, de place d'échange d'informations et fournit l'occasion de discussions approfondies. Comme le résume le politologue suédois Ulf Bjereld, « des gens de pouvoir élaborent des consensus derrière des portes closes sur des enjeux politiques d'actualité ».

Le cercle le plus fameux de l'oligarchie mondiale est le Forum économique mondial, qui se tient chaque année à Davos, en Suisse. Créé en 1971 et conçu comme un symposium de management – avec le soutien de Raymond Barre, qui était alors commissaire européen et membre de la Trilatérale –, l'organisation a pris son nom actuel, et une vocation beaucoup plus politique, à partir de 1987. Près de 2 500 personnes s'y retrouvent chaque hiver, en janvier, « sur invitation seulement », la moitié étant des hommes d'affaires. Ils nouent des liens et conversent entre eux et avec des responsables politiques sous l'œil de journalistes choisis. Les débats sont ouverts – à condition de pouvoir payer pour y assister : depuis 2005, les quelque 1 000 entreprises membres versent des droits d'adhésion annuels de 42 500 francs suisses (environ 31 000 euros), ainsi que 18 000 francs (13 000 euros) qui couvrent le montant de la participation de leur PDG à la réunion de Davos. Par ailleurs, les « Industry Partners » et les « Strategic Partners » versent respectivement 250 000 francs (180 000 euros) et 500 000 francs (370 000 euros) pour acheter la possibilité de « jouer un rôle plus important dans les initiatives du forum ».

Celui-ci a un contenu idéologique que résume bien l'hebdomadaire américain *Time* : « Les hommes et les femmes de Davos partagent au moins une conviction : la globalisation, la circulation libre de flots de capital, de travail et de technologie à travers les frontières est bienvenue et inévitable. Ils voient le monde comme un marché vaste et interconnecté dans lequel les firmes multinationales cherchent l'endroit le plus avantageux pour acheter, produire et vendre leurs biens et services. »

La classe dirigeante se retrouve aussi, à domicile, dans des cercles plus intimes, plus réguliers, où l'ajustement des intérêts et des opinions se fait au quotidien. Ces clubs existent dans toutes les capitales. À Paris, responsables politiques et figures médiatiques côtoient régulièrement leurs pairs du monde des affaires au Siècle, à l'Interallié, au Saint James, au Racing Club de France, etc. Par exemple, « Le Siècle est un lieu républicain destiné à faciliter les débats de société et les rencontres entre des personnalités d'origine différente et aux convictions parfois opposées », selon Jacques Rigaud, membre de ce club et ancien patron de RTL. Républicain ? D'une République des égaux, loin du peuple. Le Siècle, qui se réunit tous les mois (à l'hôtel Crillon, place de la Concorde), ne compte que 550 membres, recrutés par cooptation.

Et puis, il y a le club suprême, celui des conseils d'administration des grandes sociétés où les plus hauts dignitaires de la classe administrent en bonne entente les sociétés qui dominent le pays. « Le capitalisme français reste une affaire très oligarchique », écrit *Le Monde* dans un éclair de lucidité, en observant que 98 personnes détiennent 43 % des droits de vote dans les 40 premières entreprises du pays. Le journal relève que « les patrons des groupes sont encore majoritairement issus des grands corps d'État » : la transformation des hauts fonctionnaires en maîtres du capitalisme est un signe très sûr de la formation d'un régime oligarchique. Exactement comme en Russie, où les dignitaires du parti ont su profiter de la mutation de l'économie soviétique pour s'en approprier les plus beaux morceaux – ce qui a conduit la sagesse populaire à redonner vie au terme « oligarques ».

Des seigneurs qui volent des cigares

Sans s'afficher, l'oligarchie, donc, ne se dissimule plus, assurée de la mansuétude d'une presse dont la plupart des dirigeants participent à ses discrètes agapes. Mais elle ne parvient plus guère à contrôler son inconscient. En être, c'est appartenir à la « race des seigneurs », selon l'expression utilisée à propos de Rachida Dati par Cécilia Sarkozy, femme du président de la République française, avant de le quitter pour Richard Attias, président de Publicis EW, organisateur du forum de Davos.

Les « seigneurs » excrètent une morgue insolente. Pour Jacques Séguéla, « tout le monde a une Rolex ! Si à 50 ans, on n'a pas une Rolex, on a quand même raté sa vie ». La marque dont il fait si grand cas orne des montres dont le prix minimum est de 3 000 euros. Le plus significatif dans la parole du publicitaire est ce « tout le monde », qui désigne les pairs, ceux de son monde. Les autres, c'est-à-dire le peuple, les manants, la valetaille, n'existent pas. Le même mépris transpire des propos d'Henri Proglio. Le PDG de Veolia Environnement est nommé, fin 2009, à la tête d'Électricité de France – que l'oligarchie française veut privatiser, bien sûr –, et ce monsieur prétend conserver, en sus de sa rémunération de l'encore entreprise publique, son salaire de Veolia. Cela ferait 2 millions d'euros par an – soit le montant de cent vingt-quatre ans de ce que gagne quelqu'un payé au revenu minimal français, le smic. La réprobation publique contraint M. Proglio à renoncer à la double rémunération. Il fulmine en privé : « C'est dérisoire. On se fout de qui ? À Paris, 1,2 million d'euros [son salaire à EDF], c'est tout juste le prix d'un appartement. » Nicolas Baverez, habitué des réunions Bilderberg, apôtre du capitalisme à qui cette qualité ouvre les portes de tous les médias, a une vision différemment nuancée des conditions de vie populaires : « La réduction du temps de travail est appréciable pour aller dans le Lubéron [coin de Provence où de nombreux oligarques ont une villégiature], mais pour les couches les plus modestes, le temps libre, c'est l'alcoolisme, le développement de la violence, la délinquance. »

De la bonne conscience et du mépris, on passe logiquement à la prédation ouverte des biens publics. Tel ce secrétaire d'État, Christian Blanc, qui dépense 12 000 euros de cigares en dix mois aux frais de la République. Ou le roi des Belges, Albert II, qui se paye un deuxième yacht, mesurant 27 mètres de long et coûtant 4,6 millions d'euros, avant d'inviter ses sujets, le 21 juillet 2009, à s'interroger « sur le caractère de plus en plus matérialiste de nos sociétés ». Le rapprochement des deux faits suscite un compréhensible agacement outre-Quiévrain.

On pourrait allonger sans fin la liste de tels égarements, dont la France ou la Belgique n'ont certes pas l'exclusive. Une autre historiette, cependant, est révélatrice d'un trait de caractère fondamental de l'oligarchie régnante : sa cupidité maladive. Le héros en est Guy Hands. Ce spéculateur a fait fortune, après avoir appris le métier chez Goldman Sachs, en jouant sur divers marchés avec un talent dont on ne doute pas. Il a constitué une fortune d'une centaine de millions d'euros. Mais voilà qu'en 2009, face à la crise financière, le gouvernement anglais décide, dans un mouvement d'une audace proprement stupéfiante, d'élever de 40 à 50 % le taux d'imposition sur les tranches de revenu dépassant 150 000 livres, et d'imposer pour un an une taxe de 50 % sur les bonus des fonds de placement. Que fait M. Hands ? Afin d'échapper à cette insupportable brimade, il quitte l'Angleterre et s'exile sur l'île de Guernesey, paradis fiscal. L'époque a les Victor Hugo qu'elle peut. Sa femme et ses enfants restent à Londres. « Je n'ai pas été les voir depuis avril, déclare-t-il en février 2010. Je ne vais pas non plus voir mes parents. » Seul, sur son île, avec son tas d'or.

L'affaissement du système financier qui a débuté en 2007 a illustré à grande échelle la médiocrité profonde de la classe dirigeante. En ayant encouragé et laissé se développer un endettement généralisé alimentant une spéculation effrénée, elle est évidemment responsable de la crise qui s'est produite. Mais dans la débâcle, alors que, pour éviter l'effondrement, la branche politique de l'oligarchie mobilisait la garantie monétaire publique fondée sur l'épargne et le travail de l'ensemble de la société, la réaction personnelle des patrons et financiers les plus fortunés a été de continuer à piller.

On peut identifier trois formes de rapines. L'une consiste à se faire attribuer des sommes conséquentes quand on quitte une entreprise qu'on a ruinée ou à peu près. Fred Goodwin, directeur général de la Royal Bank of Scotland, s'est fait allouer une pension annuelle de 777 000 euros – la nouvelle est connue le 26 février 2009, le jour même où la banque annonce la plus lourde perte jamais enregistrée par une entreprise britannique, 29 milliards d'euros. Pendant ce temps, en Suède ce sont les 250 cadres les plus haut placés de Volvo qui augmentent leur rémunération et leur nombre d'actions alors que la firme perd de l'argent et que le marché automobile est en chute. Le PDG de Valeo, Thierry Morin, quitte avec 3,2 millions d'euros l'entreprise qui a perdu 207 millions d'euros en 2008, licencié 1 600 travailleurs et dû sa survie à l'injection de fonds d'État. Herman Verwilst, directeur de la banque belge Fortis sauvée de la faillite par l'intervention de l'État, reçoit 2,1 millions d'euros de « coût de pension » lors de son départ.

On ne saurait oublier les champions du cynisme. AIG (American international group) est une grande compagnie d'assurances américaine que ses investissements inconsidérés ont conduite au bord de la faillite. La firme affiche une perte de 62 milliards de dollars au quatrième trimestre 2008, ce qui constitue le déficit le plus important qu'ait jamais connu une entreprise. L'État la sauve en apportant une caution de 170 milliards de dollars. Quelques mois plus tard, en mars 2009, on apprend que 165 millions de dollars de bonus sont distribués aux dirigeants…

La récession, c'est pour les autres

Deuxième forme de prélèvement : les grands patrons qui augmentent leur rémunération en pleine crise. Par exemple, les quatre principaux dirigeants de la Société générale s'octroient 320 000 stock-options, en mars 2009, alors que la banque a bénéficié d'un prêt public de 1,7 milliard d'euros qui lui a évité de couler. Plus globalement, en 2008, alors que le système économique a nettement commencé à plier, un échantillon de 42 patrons étudié par *L'Expansion* a vu son revenu moyen ne baisser que de 15 %, à 4,7 millions d'euros, quand les profits des entreprises qu'ils dirigent ont baissé de 22 % et les cours de bourse de 43 %. Les patrons anglais ont fait mieux : les dirigeants des 100 plus grosses valeurs de la bourse de Londres ont vu leur salaire de base gonfler de 10 % en 2008. La poursuite de la récession en 2009 n'empêche pas les arrangements de continuer, puisque les dirigeants d'une vingtaine des plus grandes entreprises françaises réalisent grâce à leurs stock-options une plus-value de près d'un million d'euros chacun. Même tendance au niveau européen, où une étude du cabinet Hewitt Associates sur les dirigeants des 100 plus grandes compagnies de l'Union montre que les « compagnies pourraient finir par payer des bonus maximums [en 2009] bien qu'ayant montré des performances très mauvaises en 2008 ». Tout cela, bien sûr, est légal, contractuel, nor-mal.

Troisième groupe d'oligarques fermement décidés à ne rien lâcher, dût le monde s'écrouler autour d'eux, les « traders », alias spéculateurs salariés : leur travail consiste à gonfler les profits des banques et établissements financiers qui les emploient en jouant sur les variations de cours des innombrables titres inventés par leur communauté. Ce jeu fou a conduit, on le sait, à la crise qui se développe depuis 2007. Cela n'a pas empêché la communauté financière de défendre bec et ongles les « bonus » démesurés récompensant ces bons « gagneurs ». Un rapport du ministère de la Justice de l'État de New York résume ce qui s'est passé : « Quand les banques allaient bien, leurs salariés étaient bien payés. Quand les banques allaient mal, leurs salariés étaient bien payés. Et quand les banques allaient très mal, elles étaient aidées par les contribuables, et leurs employés étaient toujours bien payés. »

Une guérilla s'est engagée entre les oligarques des autorités publiques, enfin conscients de la nécessité d'un contrôle minimal, et la communauté financière, fermement décidée à conserver ses privilèges : on a entendu un banquier français parler de « sentiment de souffrance morale » face aux projets de réglementation, tandis qu'un spéculateur suédois dénonçait une « injonction quasi stalinienne » ! Plus prosaïquement, la communauté financière, aussi solidement soudée qu'un pack de rugby un jour de finale de Coupe du monde, agitait les contrats de travail des traders, les lois, la menace de délocalisation, le poids de la concurrence, etc. Et face à des autorités d'autant plus faibles qu'elles n'étaient pas réellement décidées à remettre en cause le fonctionnement du système, les primes ont recommencé à croître en 2009 après une baisse en 2008 : l'année a été excellente, l'argent prêté par les États fin 2008 à taux faible pour éviter la faillite des banques ayant été prêté à nouveau par celles-ci à des taux supérieurs, ce qui a généré des profits records. On versait donc 20 milliards de dollars de bonus en 2009 à Wall Street, en hausse de 17 % par rapport à l'année précédente. Même tendance sur la plus petite place de Paris, où environ 1,8 milliard d'euros étaient distribués, en hausse de plus de 20 % sur 2008.

La morale est une question politique

Que montre cette avalanche de chiffres ? Que le comportement de l'oligarchie est fondamentalement vicié, que sa morale est pervertie, qu'elle place son profit au-dessus de l'intérêt général. Quelle conséquence cela a-t-il sur le point central de notre discussion, qui est de savoir si un gouvernement des meilleurs serait souhaitable face à l'impératif écologique ? Celle-ci : l'argument ne tient pas, parce que dans la réalité historique que nous vivons, les « meilleurs » sont les plus égoïstes, les plus indifférents au sort commun, les plus oublieux de la question écologique. Il ne sert à rien de se raccrocher au rêve platonicien d'un gouvernement idéal par les plus sages. Les puissants ne sont pas les meilleurs, et ils ne gouvernent pas en vue du bien de tous, mais de leur propre but qui est, dans le capitalisme finissant, une accumulation sans limite de richesses et de prestige ostentatoire.

Revenons à la définition d'Hérodote. L'oligarchie se justifie par le fait qu'elle place au pouvoir les plus vertueux – un autre nom en étant l'aristocratie, qui signifiait précisément, en grec, le pouvoir des meilleurs. Mais rien ne garantit, et c'est la faiblesse fondamentale du régime oligarchique, que les meilleurs détiendront le pouvoir. Le plus probable est que ce seront les puissants qui se l'approprieront. Dans la situation actuelle, c'est indiscutable. Et les puissants visent d'abord la conservation de leur puissance.

Je ne dis pas que tous les membres de l'oligarchie ont atteint le même délabrement de la conscience. Certains déplorent l'avidité maladive de leurs pairs. Et cette dispute explique la guérilla qui se déroule autour des règles financières et qui est un des combats politiques les plus vitaux qui soient aujourd'hui. Mais parmi les hommes qui combattent cette voracité destructrice, rares sont ceux qui en remettent en cause les principes : ils savent qu'elle est intrinsèque au système dont ils sont partie prenante et ils n'osent pas ou ne veulent pas le transformer résolument.

Cette déchéance morale découle de la philosophie même du capitalisme. Selon celle-ci, la morale de l'individu animé par la recherche exclusive de son intérêt est indifférente, parce que c'est la rencontre des myriades d'intérêts particuliers qui, sur le marché, est censée conduire à l'harmonie comme par magie. Il n'y a pas véritablement de bien social, ou d'intérêt général, hormis l'extension du marché et son bon fonctionnement. C'est lui qui assurera le bien-être général, dont l'agent économique n'a en vérité pas à se préoccuper.

Dès lors que l'on accepte intellectuellement ce mécanisme, on ne peut qu'observer sa conséquence logique. L'argent devient le principal signifiant de la réussite sociale. Il est alors le médiateur du lien social, ou plutôt son substitut. Il est le langage par lequel les individus échangent et communiquent, ses mots sont les biens qu'il permet d'acquérir, son discours est l'accumulation de biens qui atteste de la réussite du locuteur.

Un aspect complémentaire de la morale des actuels oligarques est l'abandon de leur culture d'origine au profit d'une culture globale unifiée par la constitution d'un marché mondial. Elle est au cœur, on l'a vu, du forum de Davos. Éminences d'Europe ou d'Asie, d'Amérique ou d'Arabie se reconnaissent pour pairs, membres de la même communauté séparée du commun, unis par la même morale et les mêmes fins. J'ai été frappé, par exemple, d'apprendre qu'en Égypte la classe dirigeante – qui pressure le peuple avec un cynisme éhonté, cette fois dans le cadre d'une dictature – fait éduquer, dès le plus jeune âge, ses enfants en anglais ou en français, et non en arabe, langue du pays. Souvent même, on parlera en famille dans la langue internationale. Cas extrême d'une attitude générale de l'oligarchie mondiale, qui n'a pas d'autre patrie que celle de l'argent.

L'oligarchie capitaliste est guidée par deux valeurs : l'argent et le marché. Elle n'est pas moralement prête à assumer les responsabilités que la situation impose.

3

La politique du capital

Ronald Reagan a ouvert la voie : en octobre 1989, un an après avoir achevé son mandat de président de la République, il délivrait deux conférences au Japon, à l'invitation du groupe Fujisankei Communications. Sa rémunération : 2 millions de dollars, soit davantage que ce que lui avait rapporté son salaire de président en huit ans. Ce commerce d'image politique suscita la réprobation, au point qu'un éditorialiste conservateur comme William Safire écrivit que l'épisode « frappait les narines avec la force d'un sushi vieux d'une semaine ».

Vingt ans plus tard, le fait que des chefs d'État à la retraite fassent commerce de leur célébrité et de leur influence ne choque plus personne. Tony Blair, ex-Premier ministre britannique, peut atteindre un cachet de 616 000 dollars pour deux conférences de trente minutes, Bill Clinton, ex-Président des États-Unis, est coté jusqu'à 450 000 dollars la conférence – entre 2001 et 2007, il a ainsi accumulé 40 millions de dollars –, Al Gore, ex-vice président, prend la parole pour 100 000 dollars. Pour José Maria Aznar, Premier ministre d'Espagne retraité, comptez 40 000 euros, pour John Major, ex-Premier ministre britannique, 60 000 dollars, pour Helmut Kohl, chancelier d'Allemagne… ah, le tarif n'est pas public, mais Gerhard Schröder, autre chancelier, animera votre soirée pour 75 000 dollars.

Beaucoup de ces hommes politiques complètent leurs honoraires de conférences par des conseils rémunérés aux entreprises, banques, fonds d'investissement et par la participation à des conseils d'administration. Notez que les figures cataloguées comme « de gauche », Tony Blair et Gerhard Schröder, comptent parmi les plus brillants affairistes du lot, sans trop s'embarrasser d'éventuels conflits d'intérêt : Schröder a ainsi été embauché comme conseiller, à 250 000 euros par an, par la firme russe Gazprom, alors que, en tant que chancelier, il avait signé deux mois auparavant, en septembre 2005, un accord gazier avec la Russie. Quant à Tony Blair, il a accumulé 17 millions d'euros en moins de trois ans, après son départ de Downing Street, en 2007 – et opérait un astucieux montage fiscal pour échapper au percepteur. Il suivait l'exemple de l'ancien Premier ministre du Canada, Jean Chrétien, devenu homme d'affaires après qu'il eut quitté le pouvoir en 2003, scellant de nombreux contrats aux quatre coins de la planète – dernier en date : un casino de plusieurs milliards de dollars à Hô Chi Minh-Ville, au Vietnam.

Les 938 nuits de la Maison-Blanche

Une bonne gestion de l'image politique permet même de faire plus fort : s'enrichir avant d'être au sommet. Sarah Palin a crevé l'écran en 2008, lors de la campagne présidentielle de John McCain, dont elle était la vice-présidente potentielle. McCain a perdu, mais Palin a su faire fructifier sa popularité nouvelle : elle a démissionné de son poste de gouverneur d'Alaska, aux embarrassantes règles éthiques, pour se consacrer à ses conférences payées chacune 100 000 dollars et à sa chronique sur la télévision d'extrême droite Fox News, à laquelle elle collabore pour un million de dollars par an. On estime qu'au cours de la seule année 2009, Mme Palin a engrangé 12 millions de dollars.

Une variante du rapport décomplexé – selon le mot en usage – entre la politique et l'argent est de placer des milliardaires ou des millionnaires directement au pouvoir, tel Silvio Berlusconi, en Italie, ou Sebastian Pinera, au Chili. Quant au gouvernement britannique dirigé en 2010 par M. Cameron, il compte 18 millionnaires parmi ses 23 membres.

Mais en régime oligarchique, les dirigeants des pays présentés comme démocratiques ne sont que la face la plus visible d'un mélange systématique entre les fonctions de direction publique et celles des entreprises privées. S'agit-il d'ailleurs d'un mélange ? En démocratie, le clivage fondamental sépare le domaine public, qui concerne l'intérêt général, et le domaine privé, relatif aux intérêts privés, au demeurant légitimes dès lors que leur poursuite ne nuit pas au bien commun. Mais cela n'a pas de sens en oligarchie : la coupure est ici horizontale, elle se situe entre les membres du sommet de la pyramide, qui occupent les fonctions de direction dans ses différentes spécificités, et le corps social, conditionné pour considérer cette coupure, sinon comme légitime, du moins comme inévitable.

Il est dès lors normal que les responsables politiques veuillent s'enrichir, puisqu'ils défendent ou avalisent un système qui considère que la richesse est le signe de la réussite et place donc la fortune au pinacle de ses valeurs. Il n'est pas immoral pour les oligarques de profiter des fonctions politiques pour s'enrichir, étant donné que leur système de normes valorise la richesse. Ainsi le président français Nicolas Sarkozy honore-t-il le financier Antoine Bernheim, l'un des principaux associés de la banque Lazard, en lui décernant le grade le plus élevé de la Légion d'honneur, celui de grand-croix : « Antoine Bernheim a fait des profits, et ainsi servi la France. Qui doit régler ses comptes vis-à-vis de l'argent pour régler, enfin, son problème vis-à-vis de la réussite. »

En oligarchie, la réussite signifie notamment la mise en coupe réglée de l'État. Le mot « réglé » est ici important : il ne s'agit pas de le ruiner, comme dans une dictature africaine où une extraction trop violente des richesses maintient le peuple dans la misère, mais de « régler » le prélèvement sans tuer la bête. Tout l'art consiste à ne pas déclencher au sein de populations chez qui subsistent des réflexes démocratiques une rébellion qui menacerait la pérennité de l'exploitation. L'adéquat niveau de prélèvement et les formes selon lesquelles il s'exerce attestent du savoir-faire de l'oligarchie. Ils varient selon les pays, les cultures nationales, les histoires. Partout, cependant, un mouvement général de privatisation du bien commun a été entrepris avec le rebond du capitalisme dans les années 1980. La hausse stupéfiante des inégalités manifeste le succès de cette entreprise.

Le dépeçage des biens collectifs exercé avec brio durant les années 1990 dans les pays d'Europe de l'Est mériterait une étude approfondie, ainsi que celui du système italien, si particulier, ou encore celui de l'Espagne, lui aussi différent. Notons qu'à des degrés divers, ces pays sortaient de dictatures (le soviétisme, le fascisme, le franquisme).

Dans des pays où l'enracinement de la démocratie est plus ancien, comme les États-Unis, le Royaume-Uni ou la France, le hold-up s'est opéré suivant des procédures adaptées au génie national. Aux États-Unis, la tradition d'un État fédéral puissant mais conçu comme ne devant pas nuire au libre fonctionnement du marché ainsi que le mode universitaire de formation des élites ont conduit à une circulation constante des décideurs entre sphères privées et publiques. L'ampleur de ce va-et-vient présente cependant une intensité variable, diminuant après les périodes où le poids des affairistes s'était par trop alourdi, comme avec les « barons voleurs » de la fin du

XIXe siècle ou à la fin des années 1920, quand la Grande Dépression s'est déclenchée.

L'administration Roosevelt a marqué le début d'une longue période où les responsables politiques, plus soucieux de l'intérêt général, tenaient mieux à distance les milieux d'affaires. Eisenhower avertissait cependant en 1961 ses concitoyens de l'influence croissante du complexe militaro-industriel. Et, à partir de la présidence Reagan, les grandes entreprises ont recommencé à se sentir à la Maison-Blanche comme chez elles, une évolution que n'a guère infléchie Bill Clinton. Il a même systématisé les « nuits à la Maison-Blanche », dans la chambre d'Abraham Lincoln, pour ses amis – dont nombreux étaient d'importants contributeurs de ses campagnes électorales. Entre 1992 et 1996, 938 hôtes ont ainsi reposé sur le moelleux matelas de la puissance…

Les allers-retours entre postes de la haute administration et conseils d'administration des grandes entreprises se sont aussi multipliés. La présidence de George W. Bush (de 2001 à fin 2008) allait pousser cette osmose à un degré sans doute jamais atteint. Une enquête du *Denver Post* montrait par exemple en 2004 que plus de cent lobbyistes avaient été embauchés dans les services d'État chargés de contrôler les industries qui les employaient juste auparavant !

Le président Obama a desserré la longe avec les milieux d'affaires, mais pas au point de creuser un fossé infranchissable. M. Obama, qui avait collecté deux fois plus de fonds pour financer sa campagne présidentielle en 2008 que son rival McCain (745 millions de dollars contre 368), a intégré dans son équipe gouvernementale des personnalités venues du monde financier, comme Lawrence Summers, Timothy Geithner et Peter Orszag, tous trois très liés avec Robert Rubin, ex-président de Goldman Sachs et artisan, sous Bill Clinton dont il était le secrétaire au Trésor, d'une accélération de la dérégulation financière. Le ministre de la Justice, Eric Holden, a quant à lui travaillé chez Covington & Burting, un cabinet juridique défendant les intérêts des grandes entreprises, tandis que Dennis Blair, directeur jusqu'en mai 2010 des services d'espionnage, le National Intelligence, était auparavant membre du conseil d'administration d'une compagnie de matériel militaire, EDO Corp. James Jones, conseiller pour la Sécurité nationale, était pour sa part l'un des directeurs de Boeing et de Chevron. D'autres représentants des corporations ont été nommés par la nouvelle administration à des postes moins visibles, tels Isi Siddiqui, ancien vice-président de Croplife, association des entreprises de pesticides et de biotechnologies végétales, comme négociateur pour les questions agricoles, Michael Taylor, ancien vice-président de Monsanto, comme commissaire adjoint à l'Agence de l'alimentation et des médicaments (FDA), ou William Lynn, ancien lobbyiste pour la firme d'électronique militaire Raytheon, au poste de ministre adjoint à la Défense. Au total, le journaliste Timothy Carney a recensé 45 ex-lobbyistes à des positions importantes de l'administration Obama. Et moins de deux ans après l'entrée en fonction du Président, certains commençaient à quitter le gouvernement, pour rejoindre… des cabinets de lobbying. C'est le cas de Darnon Munchus, un adjoint de Timothy Geithner, reparti au printemps 2010 vers Cypress Group, qui défend les intérêts des hedge funds et autres gérants de produits dérivés.

« Quatre ans au service de l'État, et vous gagnez plein de fric »

La France a longtemps suivi, quant à elle, un modèle de séparation entre gestion publique et affaires économiques fondé sur la tradition monarchique d'un État centralisateur. La barrière n'était certes pas imperméable, et les grandes entreprises, considérées comme porteuses des intérêts nationaux, étaient fréquemment aidées ou protégées par l'État, qu'elles aient été nationalisées ou pas. Mais la ligne de partage était claire et admise par les élites. Elle a commencé à s'effacer dans les années 1980, dans le contexte de réhabilitation idéologique du capitalisme. Et comme dans la Russie postsoviétique, ce sont des hauts fonctionnaires, formés à l'École nationale d'administration (ENA), qui se sont trouvés les mieux placés pour profiter des privatisations qu'ils pilotaient depuis les cabinets ministériels. Une nouvelle carrière des honneurs s'est ainsi mise en place, que résume à merveille ce dialogue entre deux notabilités « socialistes » : « En juin 1984, Pierre Moscovici, sorti sixième de l'ENA, téléphone à celui qui fut son professeur [Dominique Strauss-Kahn] pour lui demander ce qu'il pense de l'Inspection des finances [un corps d'État prestigieux qui accueille les meilleurs élèves de l'ENA] : "C'est la meilleure business-school française. Vous y restez quatre ans et vous gagnez plein de fric." Et le Trésor ? "C'est un peu moins bien, mais, là aussi, vous faites quatre ans et vous gagnez du fric." »

L'une des plus brillantes étoiles de ce firmament oligarchique est Jean-Marie Messier : polytechnicien et énarque, membre en 1986 du cabinet ministériel de M. Cabana puis de celui de M. Balladur, il y est chargé de préparer le dossier de plusieurs privatisations de firmes nationalisées en 1981. Un bon tremplin pour partir chez la banque Lazard – spécialisée dans les fusions d'entreprises – d'où il rebondit vers la Générale des Eaux qu'il transforme en Vivendi avant de la mener à la quasi-faillite. Il doit démissionner en 2002, exigeant 20 millions d'euros d'indemnités – qu'il n'obtient pas. Le voilà banquier d'affaires. Cela vaut la peine de rappeler les goûts du monsieur, quand il dirigeait Vivendi : il « avait fait aménager un Airbus 319 pour son confort personnel, affrétait un hélicoptère pour rejoindre le cœur de Manhattan, avait débauché un chef pour ses déjeuners fins arrosés de crus exceptionnels à la table de Vivendi Universal, partait en vacances aux Bahamas, sans parler de l'appartement de Park Avenue, d'une valeur de 17,5 millions de dollars, décoré par Jean-Michel Wilmotte pour plus de 4 millions de dollars ». M. Messier publie en 2009 un livre dans lequel il invite à « redéfinir l'éthique que nous voulons voir prévaloir et l'enseigner à nos enfants ».

Un cas moins clinquant est celui de Stéphane Richard : HEC, énarque, il commence sa carrière au cabinet de Dominique Strauss-Kahn, ministre de l'Industrie en 1991. Il n'y reste guère, partant vers la Générale des Eaux où, sous la direction de Messier, il gère le pôle immobilier, dénommé Nexity. En 1999, avec quelques amis, il monte une opération de rachat partiel de celui-ci. C'est l'époque du boom immobilier, et Nexity est introduit en bourse. L'opération rapporte 35 millions d'euros à l'ancien haut fonctionnaire. Au passage, les services fiscaux constatent des irrégularités, et M. Richard finit par payer 660 000 euros d'amende – en octobre 2007, alors qu'il est directeur du cabinet de la ministre de l'Économie. Ses démêlés avec le fisc ne l'empêchent donc pas d'en devenir, en quelque sorte, le superviseur. Ni de se voir décerner la légion d'honneur par Nicolas Sarkozy en octobre 2006. Ce brillant garçon est reparti en 2010 diriger France Télécom, privatisée en 2004.

Même type de parcours pour Jean-Charles Naouri, énarque qui coordonne sous le ministre Pierre Bérégovoy, en 1984-1986, la réforme des marchés financiers, avant de partir pour la banque Rothschild, où ses talents d'investisseur le conduiront à la tête du groupe Casino et d'une fortune de 452 millions d'euros en 2009. Quant à Matthieu Pigasse, il passe lui aussi par un cabinet de ministre « de gauche » avant d'accéder à la fortune : énarque en 1994, il œuvre au Trésor avant de travailler au côté du ministre de l'Économie Dominique Strauss-Kahn et de rester dans le cabinet de son successeur, Laurent Fabius. Depuis cette position, il orchestre la série de privatisations menée par le gouvernement Jospin. Et dès 2002, il file vers la banque Lazard, où il pourra exploiter les précieuses connaissances acquises au ministère : « À Bercy, ses anciens collègues le regardent exploiter systématiquement, méticuleusement, tous les dossiers, tous les réseaux qu'il a pu côtoyer lors de son passage », relève la journaliste Martine Orange. Le voilà millionnaire.

Autre cas intéressant, celui de François Pérol : sorti major de l'ENA en 1990, il a longtemps suivi les affaires industrielles, puis, à la direction du Trésor, les marchés financiers. Au cabinet de Nicolas Sarkozy, alors ministre de l'Économie, il organise en 2002 la cession d'Ixis par la Caisse des dépôts et consignations aux Caisses d'Épargne. Il part à la banque Rothschild en 2005, où il participe à la création de Natixis, qui fusionne Ixis et la filiale financière des Banques populaires – création à laquelle a aussi œuvré Matthieu Pigasse, au sein de la banque Lazard. Ce détournement de l'argent des petits épargnants pour créer un instrument de spéculation se traduit par une perte en 2008 de plus de 2 milliards d'euros et des actifs invendables (dits « pondérés ») atteignant 31 milliards d'euros. La situation est sauvée par la fusion des Banques populaires et des Caisses d'Épargne, qui épongent le passif. Pérol, en partie responsable de ce désastre, est entretemps revenu au cabinet de M. Sarkozy, maintenant président de la République : il supervise la fusion des banques, puis est nommé à la tête de l'ensemble – au mépris de toutes les règles déontologiques, mais qui s'en préoccupe encore ? Tiens, M. Pérol assistait à la réunion de Bilderberg en 2008.

On pourrait allonger presque indéfiniment la liste de ces personnages qui, formés à l'école du « service public », ont transformé leur passage au sommet de l'État en capital d'influence à faire fructifier dans les grandes entreprises qu'ils ont supervisées depuis le ministère. Comme on l'a déjà vu, les patrons des plus grands groupes sont majoritairement issus des grands corps d'État.

Notons que ce type de transfert n'est pas une spécialité française. Par exemple, la Commission européenne, lieu de pouvoir, est aussi un bon tremplin pour les commissaires, le plus souvent issus de fonctions électives : début 2010, l'autrichienne Benita Ferrero-Waldner a quitté son poste de commissaire aux Relations extérieures, au terme de son mandat, pour rejoindre la grande compagnie de réassurance Munich Re ; peu après, Meglena Kuneva, commissaire à la Protection des consommateurs, intégrait le conseil d'administration de la banque BNP Paribas, tandis que Charlie McCreevy, commissaire au Marché intérieur, atterrissait chez la compagnie Ryanair, et que Günter Verheugen, commissaire à l'Industrie, apportait ses lumières à la Royal Bank of Scotland. Ces départs « soulèvent la question [...] de la possibilité que des considérations d'emploi futur puissent influencer les décisions que les commissaires prendraient durant leur mandat », observait l'association de vigie du lobbying européen, Alter-EU.

L'espion d'EDF qui se faisait passer pour un socialiste

Si des hauts fonctionnaires s'enrichissent dans les entreprises qu'ils ont surveillées depuis leur position dans l'appareil État, comment des responsables politiques élus pourraient-ils rester sur l'Aventin de l'intérêt public ? Un des pionniers modernes du trafic d'influence est Dominique Strauss-Kahn, directeur en 2010 du Fonds monétaire international. Il était en 1991-1992 ministre français de l'Industrie. Revenu à la vie civile, il est transformé en consultant offrant ses services, bien rémunérés, aux grandes entreprises dont il était précédemment le ministre de tutelle. Il mène ainsi, entre autres, une efficace action de lobbying contre le projet de taxe sur l'énergie discuté en 1993 à Bruxelles pour lutter contre le changement climatique. La confusion des genres atteint son summum avec son contrat pour Électricité de France (EDF). Celle-ci voulait développer un nouveau type de réacteur dit EPR avec l'Allemagne, mais s'inquiétait de la position du SPD, le Parti social-démocrate, dans un pays où les écologistes étaient influents. Strauss-Kahn mena donc plusieurs missions en Allemagne, afin de convaincre ses collègues du SPD des bienfaits du nucléaire. Mais il se présentait sous sa casquette de membre du Parti socialiste, sans indiquer qu'il travaillait en fait pour EDF.

L'éminent « socialiste » a fait école : en 2009, plusieurs députés de poids sont avocats d'affaires, tout en continuant à assumer le mandat « que le peuple leur a confié ». Jean-François Copé, par exemple, député de Seine-et-Marne, maire de Meaux, secrétaire général de l'UMP, ajoute à son emploi du temps une collaboration avec le cabinet d'avocats Gide-Loyrette-Nouel. Les honoraires atteindraient 20 000 euros par mois. Un chiffre que refuse de confirmer ou d'infirmer l'auteur de *Promis, j'arrête la langue de bois*. L'avocat Denis Hubert, qui a intégré dans son cabinet l'avocat-député Christophe Caresche, dévoile le pot aux roses, si tant est qu'il y en avait un : « Christophe Caresche a fait partie pendant dix ans de la commission des lois à l'Assemblée nationale, c'est une sacrée valeur ajoutée. Mais c'est le carnet d'adresses qui nous intéresse, notre profession interdit de démarcher des clients, donc l'entregent d'un député est essentiel. »

Au fait… quel est ce mot qui désigne l'abus d'une charge publique à des fins d'enrichissement personnel ? Voyons… Ah, oui : corruption ! Au Brésil, en Russie, au Cameroun, en Indonésie, au Mexique, en Italie, bien sûr, mais en France, en Angleterre ? C'est en buvant une tasse de thé dans la salle à manger de la Chambre des lords, à Londres, qu'un reporter du *Sunday Times* a trouvé la réponse. Se faisant passer pour un industriel taïwanais désireux de développer ses activités au Royaume-Uni, il a demandé à plusieurs lords d'user de leur influence pour modifier un règlement fiscal en discussion à cette époque. Les quatre parlementaires interrogés séparément ont répondu favorablement à la requête, en indiquant leur tarif : de 1 000 à 5 000 livres par jour de « travail ».

L'affaire, début 2009, fit quelque bruit au royaume de Sa Majesté. Le plus étonnant est qu'un an plus tard, quand le journal renouvela l'expérience avec des députés de la Chambre des communes, le résultat fut identique : un ancien ministre de la Défense, Stephen Byers, indiqua au micro caché qu'il « était comme un taxi à louer », pour 5 000 livres la journée. Quand le scandale éclata, l'une des députés piégés, Patricia Hewitt, ancienne ministre de la Santé, se défendit en indiquant qu'elle comptait offrir ses services au terme de son mandat de député : « Je veux toujours donner des avis aux entreprises qui ont quelque chose de positif à offrir au pays. » La logique sous-jacente est limpide : ces entreprises font du bien au pays ; donc, les aider aide le pays ; donc, être payé par ces entreprises, que l'on soit député ou pas, fait du bien au pays.

Les cas de ce type sont légion, et le dossier de la corruption s'épaissit de mois en mois. Elle ne concerne plus seulement les États du Sud, mais avec de plus en plus d'ampleur les pays occidentaux. L'association Transparency International a mené une étude montrant qu'en Europe l'« indice de perception de la corruption » s'était dégradé pour 14 États entre 2004 et 2009, notamment pour l'Espagne, le Royaume-Uni, la Finlande, l'Italie, la Grèce, la France et l'Allemagne. Pour le quotidien madrilène *ABC*, « la corruption étouffe l'Espagne et fait circuler plus d'argent que la drogue [...]. Soit cette saignée de ce qu'il reste du modèle [démocratique espagnol] s'arrête, soit nous mourrons en tant que démocratie, et nous disparaîtrons dans l'égout puant de la corruption ».

« Nous faisons le travail de Dieu »

Mais les cas avérés de corruption ne sont que l'écume de la marchandisation générale de la sphère publique. Il faut plonger sous la surface polluée pour découvrir deux des puissants courants qui ont orienté le capitalisme des trois dernières décennies : le poids devenu énorme des grandes entreprises – surtout financières – relativement aux États, et, en interaction avec ce phénomène, l'idéologie de la privatisation, qui facilite l'acceptation du transfert des bénéfices publics dans les coffres de l'oligarchie.

En 1975, un membre de la Trilatérale s'inquiétait, on l'a vu, de l'affaiblissement des gouvernants : « Les gouvernements démocratiques font difficilement face à la force d'institutions extra-parlementaires [...]. Elles ridiculisent le pouvoir des gouvernements. Je pense à deux puissantes institutions économiques : les compagnies géantes et les grands syndicats de travailleurs. » Voyez comme le monde est précisément ordonné : les gouvernements ont si bien agi depuis les années 1980 que le syndicalisme est en miettes. Et les grandes compagnies ? Elles vont bien, merci.

Bien que les études approfondies manquent – une lacune des études économiques très significative –, la mondialisation économique s'est traduite par un mouvement de concentration continue, développant au passage la prospérité de banques spécialisés dans les activités de fusion d'entreprises, comme Goldman Sachs, JP Morgan ou Lazard, ainsi que de nombreux cabinets d'avocats internationaux. Maints domaines industriels en sont ainsi venus à être le pré carré d'oligopoles, c'est-à-dire à être contrôlés par quelques grandes entreprises qui se concurrencent ou se partagent le marché.

Cependant, il ne faut pas exagérer la puissance globale des firmes, comme l'ont montré deux chercheurs belges, Paul De Grauwe et Filip Camerman : en comparant la valeur ajoutée des plus grandes entreprises au PIB (qui est la somme des valeurs ajoutées dans un pays) de diverses nations, ils ont constaté qu'en 2002, les cinquante plus grandes compagnies industrielles et de services représentaient seulement 4,5 % du PIB des cinquante plus grands pays, ou encore que la plus grande compagnie – le distributeur Wall Mart – n'était classée que quarante-quatrième derrière quarante-trois pays. En fait, si les grandes compagnies ont grossi, souvent par absorption de concurrentes, l'économie globale a crû dans le même temps, si bien que la taille relative des grandes entreprises industrielles et de service semble être restée stable. Elles étaient suffisamment puissantes pour inquiéter la Trilatérale – et beaucoup d'autres – dans les années 1970 ; elles le sont simplement restées.

Mais un facteur nouveau a modifié en profondeur la scène économique : les acteurs financiers ont démultiplié leur puissance. À côté des banques sont apparus des investisseurs tels que les fonds de pension, qui gèrent l'épargne-retraite, et des gestionnaires de portefeuilles financiers, à visée uniquement spéculative. Ces trois types d'opérateurs ont vu ensemble leur taille augmenter rapidement et dépasser largement celle des grandes entreprises : en 2002, les cent premières firmes du monde représentaient un chiffre d'affaires de 5 600 milliards de dollars ; des nains en comparaison avec les cent premières banques, qui géraient 29 600 milliards de dollars d'actifs. La puissance du secteur financier est devenue colossale : aux États-Unis, il s'appropriait 40 % des profits totaux en 2007, contre 10 % en 1980. Les dix plus grandes banques mondiales ont chacune en 2010 des actifs supérieurs à 2 000 milliards d'euros quand la production intérieure de la Grèce est de l'ordre de 200 milliards d'euros.

L'idéologie néo-libérale, qui s'est traduite par une politique économique axée sur la gestion de la monnaie beaucoup plus que sur le pilotage budgétaire, a fortement contribué à cette évolution. Comme le remarque l'économiste James Galbraith, avec le choix de taux d'intérêt élevés au début des années 1980, « le coût de l'argent est devenu une considération prédominante pour la survie de l'entreprise. Le monétarisme a donc rétabli la dépendance de la firme industrielle à sa source de financement. De ce fait, il a restauré la prééminence du pouvoir des institutions financières aux États-Unis ; Wall Street tenait de nouveau la barre ».

Tenir la barre n'est pas une métaphore : non seulement les intérêts de la communauté financière à Wall Street et ailleurs se sont imposés aux politiques économiques, mais des passages réguliers de responsables des banques aux postes de décision politique ont facilité la gestion adéquate. En régime oligarchique, cela ne conduit pas forcément à de mauvaises décisions, mais garantit que les décisions ne nuiront en aucune façon à la caste. La firme Goldman Sachs a de ce point de vue manifesté un talent particulier pour se couler dans les plus hauts rouages de l'État : l'un de ses associés, Robert Rubin, a été, on l'a vu, secrétaire au Trésor (ministre des Finances) de Bill Clinton entre 1995 et 1998 ; Joshua Bolten, autre associé, a été directeur de cabinet de la Maison-Blanche sous George W. Bush ; Henry Paulson, ex-président de Goldman, a été secrétaire au Trésor de Bush entre 2006 et 2009 avant de passer sous Obama la main à Timothy Geithner, proche de Robert Rubin et de la banque. Goldman Sachs a aussi su placer ses hommes à l'international – il y a beaucoup à gagner sur la dette des États. Le président de la Banque mondiale, Robert Zoellick, est ainsi un ancien de Goldman, comme Petros Christodoulou, responsable de l'organisme de gestion de la dette publique grecque, ou Mario Draghi, gouverneur de la Banque d'Italie, tandis que sont associés en titre chez Goldman Lord Griffith, ancien conseiller de Margaret Thatcher, ou Otmar Issing, ex-économiste en chef de la Banque centrale européenne. Et comme on n'est jamais assez prudent, les employés de Goldman ont collectivement versé 981 000 dollars pour soutenir en 2008 la campagne de Barack Obama.

La banque est un bon porte-parole de l'ensemble de la communauté. Elle travaille pour le bien public, selon la conception capitaliste du bien public : « Nous aidons les compagnies à croître en les aidant à trouver du capital, explique Lloyd Blankfein, directeur exécutif de Goldman Sachs. Les compagnies qui croissent créent de la richesse. Cela permet aux gens d'avoir des emplois, ce qui crée plus de croissance et plus de richesse. C'est un cercle vertueux. » Tellement vertueux, d'ailleurs, que Blankfein conclut en disant qu'il n'est qu'un banquier « qui fait le travail de Dieu ». Dieu ! Les financiers le pensent vraiment. Le *Financial Times* le confirme dans un contexte différent, titrant : « La vérité sur les spéculateurs : ils font le travail de Dieu. »

Mais leur dieu, c'est l'argent. Toutes les descriptions des milieux financiers décrivent une obsession : gagner, gagner toujours plus, pour dépasser les rivaux dans la course au prestige matériel. « Si vous n'avez pas une plus grande maison ou un plus gros bateau, vous restez derrière. C'est une drogue », lâche un associé de Goldman Sachs.

Les agents de Dieu ont fini par être pris la main dans le pot de confiture : début 2010, il était reproché à Goldman Sachs d'avoir aidé la Grèce à mener une opération discrète sur devises en 2001 afin de contourner la règle européenne sur le déficit, de s'être mise en position de bénéficier de la faillite puis du sauvetage de la firme AIG, fin 2008, et d'avoir sciemment vendu à des clients des placements dits « structurés », c'est-à-dire pourris, tout en vendant ceux qu'elle avait en portefeuille parce qu'elle savait que leur cours allait chuter.

Cependant Goldman Sachs tient bon, comme tiennent bon les banques. Massivement sauvées de l'effondrement fin 2008 par l'intervention publique, elles sont parvenues à se sortir de l'épisode en restant pour l'essentiel maîtresses de leur destin et de leur politique. Les États, il est vrai, n'avaient pas imaginé de s'insinuer dans leur gestion. Dans la conception oligarchique, l'État est là pour soutenir les entreprises, dans une cogestion de la politique économique qui ne doit remettre en cause ni les profits, ni les rémunérations des dirigeants.

Un ami qui veut votre bien public

Le deuxième volet de la marchandisation de la sphère publique a consisté à engager un mouvement général de privatisation des entreprises détenues par l'État. Lancé dans les années 1980, il avait un but autant pratique qu'idéologique : fournir des recettes aux États tout en faisant reculer la possibilité d'intervention de ceux-ci dans la vie économique. Mais la chrysalide idéologique s'est vite transformée en papillon cupide : comme on l'a vu à travers quelques exemples précis, la privatisation a enrichi ceux qui la mettaient en œuvre comme ceux qui s'appropriaient les biens publics, dans la mesure où les entreprises cédées l'ont souvent été à des prix amicaux. Un exemple intéressant est celui des sociétés d'autoroutes françaises privatisées en 2005 pour 11 milliards d'euros, alors que, largement amorties, elles dégageaient plus d'un milliard d'euros de bénéfices par an. Le vol du bien public était si flagrant que le gouvernement dut l'imposer à l'Assemblée nationale par un débat sans vote.

Un si délicieux exemple – lui-même inspiré des privatisations espagnoles – ne pouvait manquer de susciter la même idée au Royaume-Uni où Margaret Thatcher et Tony Blair n'ont pas réussi à tout nationaliser : la banque Rothschild a donc proposé en 2010 un plan massif de privatisation des autoroutes britanniques.

La France de M. Sarkozy, qui concourt pour la médaille d'or – très disputée – du régime oligarchique le plus cynique d'Occident, a renchéri en privatisant l'activité des jeux de hasard et des paris sur Internet par une loi d'urgence, votée toutes affaires cessantes en mai 2010, cassant le vieux monopole d'État sur les loteries et autres paris hippiques. C'est qu'il s'agissait d'assurer aux amis du président de la République, patrons de sites de jeux comme Stéphane Courbit et Dominique Desseigne, ou directeurs de chaînes de télévision comme Martin Bouygues et Vincent Bolloré, la part du gâteau en pleine expansion des paris sportifs sur Internet. Que la loi dépouille l'État de ses recettes, affaiblisse sa capacité de régulation, et développe les comportements addictifs des joueurs – autant de gens qui ne penseront pas à être citoyens – n'est pas seulement une négligence : c'est bel et bien le but recherché. La discussion parlementaire avait donné lieu à un échange intéressant entre le député socialiste Gaëtan Gorce et le ministre du Budget, Éric Woerth. « Certaines sociétés de télévision, expliquait M. Gorce, pourront faire des résultats à la fois sur leur activité de radiodiffusion, sur les paris qu'elles organisent, sur les retransmissions qu'elles présentent et sur la publicité qu'elles touchent. Telle est la conception que vous avez de la concurrence. Nous avions un monopole public, nous allons vers un oligopole privé. » Réponse d'Éric Woerth : « Nous faisons très attention aux conflits d'intérêts. Peut-être n'en avons-nous pas tout à fait la même notion. » M. Woerth parle d'or : les oligarques n'ont pas la même notion des conflits d'intérêts – le mélange entre une position publique et des intérêts privés – que les démocrates.

Après avoir d'abord rendu aux intérêts privés les entreprises industrielles, les gouvernements oligarchiques se sont attaqués aux activités de services (transports, électricité, télécommunications, jeux), encouragés par une Commission de Bruxelles poussant le principe de la concurrence jusqu'à l'absurde. Enfin, absurde du point de vue de l'intérêt général, mais pas de celui des bénéfices privés. Comme l'écrit James Galbraith, « les membres de cette nouvelle classe ont décidé de s'emparer de l'État et de le gérer, non pour mettre en œuvre un projet idéologique, mais de la façon qui leur rapporte le plus d'argent, qui perturbe le moins leur pouvoir et qui leur offre le plus de chances d'être renfloués au cas où quelque chose tournerait mal. Bref, ils ont décidé d'agir en prédateurs vis-à-vis des institutions existantes ».

Quand, faute de gibier, le plaisir de la privatisation des entreprises publiques tend à s'éteindre, on procède par d'autres voies au démantèlement de l'État : par exemple en stimulant la concurrence privée sur de grands services publics comme la santé ou l'éducation. La méthode est simple : d'une part assèchement en douceur mais régulier des budgets publics et d'autre part encouragement par diverses mesures discrètes du secteur privé. Ainsi, le secteur public se dégrade peu à peu, et ceux qui peuvent payer placent leurs enfants ou se font soigner dans le privé, ce qui justifie de nouveaux encouragements étatiques au secteur privé, en arguant de l'« inefficacité du public ».

Une autre méthode de prédation des biens publics se présente sous l'appellation de « partenariat public-privé ». L'ami qui vous serre la main droite en plongeant sa main gauche dans votre poche pour prendre votre portefeuille est un partenaire. Initiée en Grande-Bretagne, sous le nom de « *private finance initiative* », la démarche consiste à faire financer par le secteur privé un investissement d'intérêt public, tel que faculté, prison, palais de justice, gendarmerie, hôpital. Construction, entretien et fonctionnement du projet sont assurés par le « partenaire », dont la rémunération est assurée par un loyer que lui verse l'État pendant plusieurs dizaines d'années. L'État continue ainsi à lancer des projets jugés utiles, sans recourir directement à l'endettement. Discutable sur le fond – c'est une façon de creuser la dette publique sans que cela apparaisse dans les comptes comme tel –, le procédé assure un bénéfice appréciable à l'entrepreneur privé, sans garantie de meilleure efficacité : l'expérience du Royaume-Uni, où plusieurs centaines de projets ont ainsi été financés, montre que l'économie réalisée par rapport à un montage classique n'atteint que 5 à 10 % contre 20 à 25 % annoncés. Le coût pour l'autorité publique se révèle à terme plus lourd, notamment dans le secteur hospitalier. Pour sa part, la Cour des comptes française jugeait en 2008 que « cette formule apparaît inopportune s'agissant d'un service public non marchand, puisqu'en l'absence de recettes elle fait entièrement reposer sur les finances de l'État une charge disproportionnée au regard de l'allègement de la charge budgétaire immédiate qu'elle permet [...]. La Cour invite à une réflexion approfondie sur l'intérêt réel de ces formules innovantes qui n'offrent d'avantages qu'à court terme et s'avèrent finalement onéreuses à moyen et long termes ». Qu'importe...

Le partenariat public-privé présente deux autres intérêts pour les prédateurs : d'une part, le procédé accroît le pouvoir des grandes entreprises, les seules à mêmes d'emporter le marché global – alors que quand le projet est mené par une collectivité publique, ses divers lots sont accessibles à des PME (petites et moyennes entreprises). Et d'autre part, il légitime insidieusement le fait que le secteur privé assume, au moins partiellement, des charges relevant des fonctions dites régaliennes de l'État, comme la justice.

La loi des puissants

La justice, d'ailleurs, est elle aussi mise au service des intérêts de la classe dirigeante. Inflexible pour réprimer les petits délits, au point de remplir toujours davantage les prisons, tentant fréquemment de criminaliser les actions politiques de résistance, elle s'adoucit en ce qui concerne les délits financiers. Un moyen efficace et discret d'assurer la protection judiciaire des oligarques fraudeurs du fisc ou agents de corruption est d'affaiblir les moyens des magistrats luttant contre la délinquance financière : un document interne du ministère français de la Justice se plaint ainsi, en 2010, du « manque criant de services et unités d'enquête qualifiés pour diligenter les procédures pénales en matière économique et financière » tandis que le Service central de prévention de la corruption (SCPC) est réduit au tiers de ses effectifs. On peut aussi, comme le régime de M. Sarkozy, user et abuser du « secret défense » qui permet, au nom de la « défense nationale », d'interdire à la justice ou aux parlementaires l'accès aux documents gênants. Des députés – élus du peuple, rappelons-le – ne peuvent ainsi auditionner des hauts fonctionnaires dans leur mission d'enquête sur la corruption liée à la vente de navires militaires au Pakistan, le « secret défense » leur étant opposé.

La protection des puissants n'est bien sûr pas une spécialité française : le Royaume-Uni interdit l'enquête sur un réseau de corruption lié à la vente d'armements à l'Arabie saoudite, l'Italie supprime en 2009 le Haut-Commissariat de lutte contre la corruption ; en Serbie, 900 magistrats sont révoqués brutalement.

La loi peut aussi être arrangée afin d'éviter les enquêtes gênantes. M. Berlusconi, en Italie, est spécialiste des lois restreignant le pouvoir des juges qui enquêtent sur les affaires troubles auxquelles il est mêlé : il en était début 2010 à la dix-neuvième initiative législative de ce type… M. Sarkozy espère quant à lui supprimer le juge d'instruction et imposer un délai de prescription sur le délit de bien social.

Si les puissants travaillent à mettre la justice des États à leur service, ils ont aussi, dans un tout autre domaine, réussi à faire juger les États par… des entreprises privées. Depuis une dizaine d'années, en effet, le sort économique des pays dépend de notes attribuées par des agences spécialisées : selon le verdict de celles-ci, les « marchés » achèteront ou non les titres de dette émis par les États. La puissance de ces agences a été spectaculairement révélée lors de la crise financière grecque : le 27 avril 2010, Standard & Poor's abaissait la note d'Athènes de BBB+ à BB+, conduisant les spéculateurs à vendre massivement les titres d'emprunts grecs, ce qui précipitait la quasi-faillite de ce pays et forçait à une intervention massive des autres grands États européens et de la Banque centrale européenne.

Ces agences de notation ont été créées dans les années 1960, en tant qu'entreprises privées, afin de fournir aux investisseurs financiers une évaluation de la solvabilité des emprunteurs, qu'il s'agisse d'entreprises, d'autres organismes financiers ou de pays. Elles ont progressivement été reconnues comme référence officielle par les instances de régulation bancaire, comme la Banque centrale européenne et la Securities and Exchange Commission, aux États-Unis. Les principales agences (Standard & Poor's, Moody's Investors Service, Fitch Ratings) ont ainsi acquis un pouvoir considérable. Elles sont rémunérées par les entreprises mêmes dont elles évaluent la solvabilité. Cette particularité est pour le moins étrange : c'est comme si un restaurateur payait le guide touristique censé l'évaluer ou si un candidat au permis de conduire rémunérait l'inspecteur du permis. Mais le capitalisme suit d'autres règles que la morale commune.

Cette forme de rétribution a donc logiquement conduit à des erreurs d'évaluation majeures, largement responsables de la crise financière qui a ébranlé le système financier à partir de 2007 : les agences de notation ont imperturbablement accordé la meilleure note (AAA+) aux banques et fonds détenant les titres les plus « pourris » qu'aient inventés les spéculateurs, telle la compagnie américaine d'assurance AIG, très bien notée jusqu'au jour de sa faillite. Ils n'ont guère été plus perspicaces en ce qui concerne les États : en décembre 2009, Standard & Poor's accordait à la dette publique grecque la note A-, la même note que l'Estonie qui va intégrer la zone euro en 2011.

Il est tout à fait fascinant de constater que, malgré des erreurs d'évaluation aussi grossières, les agences continuent à tenir le haut du pavé. De même que les États n'ont pas su ou pas voulu reprendre la main sur les banques, ils restent soumis aux desiderata de ces agences, dont l'agenda idéologique est limpide : soumettre les politiques publiques aux souhaits des « marchés ». Ainsi voit-on l'agence Fitch, possédée par Marc Ladreit de Lacharrière, membre du groupe Bilderberg et du Siècle, réserver sa note AAA à la France – pour autant qu'elle maîtrise sa dette publique, fait-on savoir en plein débat sur les retraites. Ou Standard & Poor's placer la Caisse de dépôt et placement du Québec – un important instrument financier créé dans les années 1960 dans le but d'assurer l'indépendance économique de la Belle Province – « sous observation négative » par crainte que les « débats politiques réduisent le niveau d'indépendance dans le choix des investissements ».

Les notes des agences sur les États sont fonction de la politique qu'ils mènent. A-t-on d'ailleurs jamais vu un examinateur ne pas être prescripteur ? Par définition, la note renvoie à une norme. Et ici, la norme, c'est l'adaptation aux canons de l'idéologie néo-libérale. Le plus extraordinaire est que la méthodologie d'élaboration des notes des agences reste cachée, donc inaccessible au débat public.

Le jeu des lobbies

Mais… il y a des députés, des élus, qui peuvent…
– Qui a dit que le régime oligarchique se passait d'assemblées élues ? Oui, les assemblées subsistent, héritières d'un temps où le sentiment démocratique était plus vivant. Il ne saurait être question de les neutraliser trop ostensiblement durant le passage à l'oligarchie. On verra ultérieurement comment s'arranger avec l'exercice toujours délicat de l'élection. Au jour le jour, pour éviter que ces assemblées parfois rétives n'orientent dans la mauvaise direction l'usage des prérogatives qui leur restent, on a développé le « lobbying », c'est-à-dire des méthodes plus ou moins discrètes d'influence sur les élus et les décideurs. Les divers organismes ou industries unis par un intérêt particulier constituent un groupe de pression qui va, au moment de la discussion d'une loi ou d'un règlement, tenter de convaincre les décideurs de la nécessité de protéger cet intérêt, tout en menant, si nécessaire, diverses actions de communication auprès des médias ou du public.

Un exemple. En avril 2008, durant sa campagne présidentielle, Barack Obama diffuse une annonce publicitaire dans laquelle il explique qu'il est le candidat qui lutte contre le lobbying. Il vise très spécifiquement Billy Tauzin, député jusqu'en 2005 devenu ensuite un lobbyiste très actif pour l'industrie des médicaments, dont il dirige l'association, PhRMA (Pharmaceutical Research and Manufacturers of America). « L'industrie pharmaceutique a écrit une loi à l'avantage des compagnies, proclame Obama. Et vous savez quoi ? Le président de la commission du Congrès qui a œuvré à cette loi a ensuite a été embauché par cette industrie pour 2 millions de dollars par an. Imaginez ça ! C'est un exemple du jeu habituel de Washington. Je ne veux pas apprendre à mieux jouer ce jeu. Je veux y mettre un terme. »

Ce qu'homme veut, il ne le peut pas toujours. Dix-huit mois plus tard, on apprend que Tauzin s'est rendu onze fois à la Maison-Blanche pour négocier les termes de la réforme de la santé. Obama a choisi de s'appuyer sur le lobby des médicaments afin de contrebalancer l'opposition forcenée du lobby des assureurs privés. L'opération ne réussit d'ailleurs pas : au final, il faut aussi céder aux assureurs. La réforme passe, elle marque un indéniable progrès, au sens où presque toute la population pourra avoir accès au système de soins – mais celui-ci reste géré par le secteur privé, alors que le coût en sera supporté par l'État. Quant à l'industrie pharmaceutique, elle a obtenu que des dispositions sur les médicaments génériques et les médicaments importés disparaissent de la loi. Au total, les entreprises de la santé ont dépensé 544 millions de dollars en lobbying pour peser sur la loi, note le Center for Responsive Politics.

Obama est-il un authentique démocrate obligé de se plier au système, ou le simple représentant d'une fraction de l'oligarchie en débat avec une autre ? Je ne saurais trancher. Toujours est-il qu'il connaît le jeu, et qu'il joue selon les règles. Lors de son arrivée au pouvoir, il a surpris en choisissant comme conseillers économiques non pas les économistes sociaux qui l'avaient conseillé durant sa campagne, mais des hommes proches de Wall Street, Timothy Geithner ou Lawrence Summers. Et il se plie au lobby financier quand il s'agit de faire passer sa réforme de Wall Street : le 22 avril 2010, il se rend à New York afin de s'adresser aux représentants des grandes banques Goldman Sachs, JP Morgan Chase, Morgan Stanley, Barclays, tous présents pour l'écouter. Cependant il ne vient pas les combattre, il veut les amadouer : « Je suis sûr que pas mal de ces lobbyistes travaillent pour vous, dit-il, et font ce qu'ils sont payés pour faire. Mais je suis ici aujourd'hui spécifiquement – je parle aux titans de l'industrie – parce que je veux vous convaincre [*urge you*] de vous joindre à nous, plutôt que de combattre notre effort. » Le projet de loi « n'a pas d'approche idéologique », précise-t-il.

Des chercheurs du Fonds monétaire international ont réalisé en 2009 une étude intéressante : étudiant au sein de l'industrie financière américaine les dépenses de lobbying et la nature des risques financiers pris, ils ont mis en évidence que les entreprises qui avaient le plus dépensé en lobbying était aussi celles qui avaient pris les risques les plus inconsidérés, qui ont conduit à la crise du système financier ouverte en 2007. « Notre analyse suggère que l'influence politique de l'industrie financière peut être une source de risque systémique », concluent-ils. « La prévention de crises futures pourrait requérir d'affaiblir l'influence politique de l'industrie financière. »

On en est loin. Wall Street a lancé des « bataillons de lobbyistes » – selon l'expression d'Obama – à l'assaut du Congrès. Sur les neuf premiers mois de 2009, les institutions financières ont dépensé 126 millions en lobbying. Le Congrès finit par voter la réforme en 2010, mais elle n'entamera pas la puissance de Wall Street :

« Même si le texte comporte quelques dispositions positives, juge Russ Feingold, sénateur démocrate, l'absence de fortes réformes confirme clairement que les lobbyistes de Wall Street et leurs alliés à Washington continuent de peser lourdement sur le processus législatif. »

Moins apparent en Europe, où l'information sur le lobbying est moins ouverte, celui-ci est tout aussi actif. Il a les mains d'autant plus libres que, note le député écologiste Pascal Canfin, « il n'existe pas de contre-pouvoir face au lobbying des banques et des institutions financières. Un lobbying très puissant, puisque très riche et donc sans limite. Ce qui fait qu'aujourd'hui le projet européen de régulation de la finance est un sujet en cogestion entre les banques et l'administration de la Commission ».

Il n'y pas que les spéculateurs qui pèsent sur l'écriture des lois. Tous les secteurs économiques emploient la même arme : pétrole, informatique, électricité, chimie, communications, transports, agro-industrie, déploient d'impressionnants efforts pour influencer les législateurs de Washington, de Bruxelles et d'ailleurs. Non moins remarquables sont les succès qu'ils obtiennent. L'invasion des organismes génétiquement modifiés aux États-Unis n'aurait pas été si fulgurante si elle n'avait été préparée de longue date par une relation intime entre industrie – en particulier Monsanto – et les gouvernements successifs. La directive REACH sur le contrôle des produits chimiques a été retardée pendant de longues années avant d'être adoptée, dans une version affaiblie par rapport à ce que l'intérêt public pourrait souhaiter, en 2008. Les projets européens de régulation financière sont confiés à des groupes d'experts composés pour l'essentiel de représentants… du secteur financier. Le document définissant la stratégie économique européenne d'ici à 2020 semble une copie du texte élaboré par le rassemblement des grandes entreprises, European Round Table of Industrialists.

Ces réussites parmi bien d'autres sont l'œuvre des 15 000 lobbyistes établis à Bruxelles, représentant 2 600 groupes d'intérêt, selon le chiffre avancé en 2005 par le commissaire européen aux Affaires administratives, Siim Kallas. « Les lobbyistes peuvent influencer considérablement la législation, particulièrement sur les propositions de nature technique, précisait le commissaire. Leur action vise directement la Commission et le Parlement. Mais la transparence sur leurs activités est largement déficiente en regard de leur impact. »

Cette reconnaissance officielle du problème du lobbying a conduit à une « Initiative européenne pour la transparence ». Mais elle s'est réduite, en ce qui concerne les lobbies, à la création d'un registre listant ceux-ci sur une base volontaire et sans grande exigence quant aux informations à fournir. Cinq ans plus tard, une analyse menée par les Amis de la Terre a montré que sur les cinquante plus grandes entreprises européennes, seules trente s'étaient inscrites sur le registre, et que des firmes comme Shell ou Peugeot affirmaient dépenser moins en lobbying qu'une association comme Friends of the Countryside (les Amis de la campagne).

De plus en plus, d'ailleurs, les lobbyistes n'influencent pas seulement les fonctionnaires et les élus préparant les lois, ils participent eux-mêmes à leur confection. À Bruxelles, les nombreux groupes d'experts impliqués dans cette élaboration incluent très majoritairement les représentants des groupes d'intérêt concernés, conséquence du nombre insuffisant de fonctionnaires. Les lobbyistes se présentent ainsi comme des assistants à la décision publique. C'est ce qu'indique un de leurs représentants, Jean-Christophe Alquier, président du cabinet Harrison and Wolf : « Dans les années 1970, les lobbys étaient des soutiens financiers des campagnes électorales. Dans les années 1980, ils sont devenus des fournisseurs d'expertise, palliant ainsi les capacités d'expertise limitées des services de l'État. » Les lobbies peuvent même entrer directement en politique, comme Frédéric Lefebvre, député français, porte-parole du parti majoritaire, l'UMP, et fondateur et actionnaire important de la société de lobbying Pic Conseil… Leur avenir est prometteur, si l'on en croit un lobbyiste européen, Daniel Guéguen : « On ira vers des approches de l'intelligence économique de plus en plus sophistiquées, comportant probablement le recours à des pratiques de manipulation, de déstabilisation, ou de désinformation. » On ne saurait être plus clair.

Les cadeaux n'étaient pas gratuits

Le budget de lobbying a atteint aux États-Unis en 2009 un record absolu, avec 3,5 milliards de dollars de dépenses. Cette somme astronomique renvoie à une spécificité du système politique américain : les batailles électorales se gagnent à coups de millions, les candidats ne pouvant dans la majorité des cas l'emporter que s'ils peuvent investir davantage que leurs rivaux en annonces télévisées et en publicités diverses. Comme le résume le Center for Responsive Politics, « l'argent gagne les élections ». Dans 93 % des cas, les représentants et les sénateurs élus aux élections de novembre 2008 étaient ceux qui avaient dépensé le plus d'argent pendant leur campagne. Le pourcentage était quasi identique en 2006 et en 2004. Coût moyen d'un siège à la Chambre des représentants, 1,1 million de dollars ; au Sénat, 6,5 millions. Les plus riches l'emportent : élections et oligarchie peuvent aller de pair.

Et comment les candidats amassent-ils le capital leur permettant de concourir en tête ? En acceptant celui qu'on leur donne. Et qui donne le plus ? Les riches. Il n'y pas de cadeau gratuit. À la Chambre et au Sénat, les élus défendront les intérêts de leurs donateurs plus que celui de leurs mandants.

Le système ne risque pas d'aller vers plus de démocratie. Jusqu'en 2010, seuls les individus pouvaient contribuer aux campagnes des candidats. En janvier, la Cour suprême a jugé que les entreprises pourraient aussi les financer, au nom du Premier amendement de la Constitution relatif à la libre expression.

En Europe, le financement de la vie politique est très différent de ce qu'il est aux États-Unis, en raison d'une place plus grande du financement public des partis, et parce que la moindre utilisation de publicités politiques à la télévision limite les dépenses politiques. Cependant, l'insuffisance des cotisations des adhérents des partis et l'augmentation tendancielle des dépenses électorales poussent à une influence croissante des « dons » privés sur la politique.

En Allemagne, la loi ne fixe pas de plafond aux contributions des particuliers aux partis, mais tout versement supérieur à 50 000 euros doit être déclaré et publié. Ce système prédispose aux arrangements entre amis, tel le don de la chaîne hôtelière Mövenpick gratifiant d'1,1 million d'euros le parti FDP qui, peu après, faisait voter une baisse de la TVA dans l'hôtellerie. En Espagne, les dons aux partis sont plafonnés à 100 000 euros par an et doivent être publiés. Cette législation accommodante n'empêche pas les débordements : une affaire de corruption, dite « Gürtel », secoue le pays depuis 2009, impliquant le Parti populaire dont plusieurs dignitaires, parfois proches de l'ancien Premier ministre José Maria Aznar, auraient bénéficié des largesses d'un réseau d'entrepreneurs en échange de marchés publics. Au Royaume-Uni, pas de limites aux dons, qui sont cependant publiés à partir de 5 000 livres, tandis que les dépenses des candidats aux élections législatives sont limitées. Le système a ainsi permis à Michael Ashcroft, richissime homme d'affaires, de verser des millions de livres au Parti conservateur, ce qui finit par susciter un scandale quand on apprit que les fonds provenaient d'une société immatriculée dans un paradis fiscal et que Lord Ashcroft n'était pas domicilié en Angleterre afin de ne pas payer d'impôts. En Suède, les partis n'ont pas à rendre compte de l'origine de leurs recettes. En Finlande, une loi sur le financement des partis existe bien, mais elle a été violée par plusieurs partis lors des élections de 2007. En Italie, la loi existante n'empêche pas nombre de responsables politiques de recevoir de l'argent des entreprises – on ne sait plus, d'ailleurs, comme dans les autres pays, s'il s'agit du financement des activités politiques ou de corruption pure et simple. Sans parler de distraction, comme celle du ministre Claudio Scajola, qui a prétendu qu'un entrepreneur avait payé « à son insu » son appartement donnant sur le Colisée.

Quant à la France, une loi rigoureuse sur le financement des partis politiques, adoptée en 1988, n'a pas empêché qu'éclate une affaire montrant, au-delà même de la question du financement de la politique, la nature incestueuse des liens entre l'élite politique et les plus grandes fortunes. Elle démarre comme un vaudeville.

Il était une fois une veuve possédant une fortune évaluée à 15 milliards d'euros. Elle était classée dix-septième personne la plus riche du monde par la revue *Forbes*. Mme Liliane Bettencourt habitait Neuilly, la ville dont M. Sarkozy, président de la République, avait été maire. Elle avait un ami, François-Marie Banier, qu'elle appréciait si vivement que, au fil des années, elle lui avait donné plusieurs centaines de millions d'euros. La fille de Mme Bettencourt, Françoise, regrettait amèrement cette dilapidation de la richesse familiale. Elle engagea un procès pour faire reconnaître l'état d'incapacité de sa mère, ce qui permettrait d'annuler ou au moins d'interrompre les dons à l'ami cher.

Cette querelle entre mère et fille empoisonnait l'atmosphère dans l'hôtel particulier de Neuilly. Les conseillers de la vieille dame, doutant de la fidélité de plusieurs domestiques, la convainquirent de les congédier. Outré par le sort réservé à ses camarades, un majordome resté en place se vengea en plaçant un petit magnétophone dans la pièce où la dame âgée de 87 ans recevait ses conseillers, et notamment celui qui gérait sa fortune, Patrick de Maistre. Entre mai 2009 et mai 2010, le majordome enregistra ainsi de nombreuses conversations, dont il remit les disques à Françoise Bettencourt. L'avocat les transmit à la brigade financière. Les disques parvinrent au site Mediapart, qui en diffusa en juin 2010 la teneur.

Qu'y apprenait-on ? Que Mme Bettencourt disposait de deux comptes bancaires en Suisse où elle cachait une partie de son argent de la curiosité du fisc ; que son conseiller, Patrick de Maistre, avait embauché Mme Woerth chez Clymène, la société gérant les fonds de Mme Bettencourt, à la demande de son époux, Éric Woerth, ministre du Budget ; que M. de Maistre trouvait M. Woerth bien sympathique ; qu'il rencontrait le conseiller juridique du président de la République, Patrick Ouart, lequel lui indiquait que « l'on connaissait très très bien » le procureur chargé d'instruire l'affaire Banier, Philippe Courroye ; que M. de Maistre organisait le transfert des comptes suisses vers Singapour ou Hong Kong.

La révélation de ces conversations allait provoquer un maelström dans la vie politique française, et ce d'autant plus que toutes les informations qui émergèrent ensuite confirmèrent leur teneur, à savoir la relation étrange entre le ministre du Budget, par ailleurs trésorier du parti du président, l'UMP, et l'une des premières fortunes de France, sa femme contribuant à gérer ses biens alors qu'elle se livrait à l'évasion fiscale, tout en distribuant des enveloppes d'argent destinées notamment à financer la campagne électorale de M. Sarkozy. M. Woerth et M. de Maistre s'étaient rencontrés au moins six fois entre 2006 et 2009, le ministre allant jusqu'à remettre, en janvier 2008, la Légion d'honneur à l'employeur de son épouse.

M. Woerth consentit à abandonner son poste de trésorier de l'UMP. À ce poste, il avait brillé : en 2007, l'UMP avait perçu au titre de dons de personnes physiques 9 125 000 euros, loin devant le Parti socialiste et ses 743 000 euros. Quant à démissionner de son poste de ministre, pas question : il n'y avait pas trace de conflit d'intérêts, selon lui.

D'ailleurs, la justice allait tout éclaircir : comment ne pas faire confiance à l'impartialité du magistrat chargé de l'enquête ? Il s'agissait de Philippe Courroye, nommé procureur de la République auprès du tribunal de Nanterre en mars 2007 contre l'avis du Conseil supérieur de la magistrature. Fin 2007, il avait classé « sans suite » l'enquête préliminaire de police sur les conditions d'achat par Nicolas Sarkozy d'un luxueux duplex à Neuilly. Un homme formidable, décoré de l'ordre national du Mérite par le président de la République, Nicolas Sarkozy, le 24 avril 2009. Un « ami », dirait M. Sarkozy. Dans l'oligarchie, on est entre amis : président, procureurs, milliardaires, ministres, tous amis.

4

L'art de la propagande

Le Ritz, place Vendôme à Paris, est un des hôtels les plus chics de la planète. Je m'y trouvais, en octobre 2006, pour interviewer Al Gore, l'homme qui aurait été président des États-Unis s'il ne s'était pas fait embrouiller par les manipulations de son adversaire sur le décompte des voix de Floride, en 2000. En tournée de promotion pour son film sur le changement climatique, *Une vérité qui dérange*, il arrivait de Berlin, Bruxelles, Zurich, Malaga, et serait le soir même à l'Assemblée nationale puis sur le plateau du journal télévisé de France 2 avant de repartir le lendemain vers d'autres trépidantes aventures. Il avait calé un moment pour *Le Monde*, et ce jour-là, *Le Monde*, c'était moi, assis sur une chaise pseudo Louis XVI dans le couloir conduisant à la suite Impériale du palace. Soudain surgit un essaim excité de personnes entourant la star qui marchait d'un pas rapide. La troupe déboula, s'arrêta devant la porte, que franchit le personnage. Je me fis connaître, et, tandis que l'aréopage s'évanouissait, pénétrai dans l'immense pièce semblable à un salon du château de Versailles. Gore, massif, souriant, après m'avoir serré la main, me demanda sans formalité de lui laisser un moment pour aller se soulager dans un cabinet attenant. Après avoir parcouru du regard les meubles, les tapis, le bureau, les tableaux, les moulures, j'observai par les fenêtres l'ordonnancement parfait de la place et les limousines noires devant l'hôtel.

Al Gore est le seul homme politique d'envergure, à ma connaissance, qui se soit non seulement intéressé tôt à l'écologie, mais en connaisse aussi réellement les détails. Le livre sur l'environnement qu'il a publié en 1992, *Earth in the Balance*, est remarquable. Quand il revint, nous nous assîmes, et je lui indiquai que j'avais écrit à l'époque de sa parution un article pour signaler ce livre, ce qui l'étonna. Ce qui m'étonna, moi, c'est l'entretien qui suivit : il portait autant sur la démocratie que sur le changement climatique. Là encore précurseur, Gore avait compris le lien entre les deux problèmes.

Je commençai : « Quel message voulez-vous transmettre avec votre film ?

– Que nous sommes confrontés à une crise climatique qui a le caractère d'une urgence planétaire, répondit-il, avec l'aisance du comédien qui paraît dire son texte pour la première fois. Ces mots semblent terrifiants, mais ils sont malheureusement pertinents pour décrire la relation radicalement nouvelle qui s'est établie entre l'espèce humaine et l'écologie terrestre. Rien, dans notre expérience, ne nous prépare au défi auquel nous sommes confrontés, mais c'est un défi que nous devons surmonter. La bonne nouvelle est que nous avons tout ce qui est nécessaire pour résoudre la crise. Ce qui manque, c'est la volonté politique. Mais, en démocratie, la volonté politique est une ressource renouvelable, et le moyen de la renouveler est de diffuser la connaissance de cette situation auprès du plus grand nombre possible de personnes. C'est ce que je fais avec mon film.

– J'ai lu que vous estimez qu'il y a une crise dans la démocratie. Quel est son lien avec la difficulté de trouver les solutions à la crise climatique ?

– La circulation de l'information qu'avait permise la révolution de l'imprimerie a créé les bases des Lumières, au XVIIIe siècle. Les individus ont pu participer à la discussion publique et, bientôt, une méritocratie des idées a émergé. Le succès des idées individuelles a commencé à dépendre de leur intérêt public. Cette écologie de l'information a formé la base de la démocratie représentative, en France comme aux États-Unis. Mais, il y a cinquante ans, la télévision est devenue la source dominante d'information. Dans mon pays, sa domination est maintenant écrasante. En dépit d'Internet, elle gagne en importance année après année. Chaque Américain la regarde en moyenne quatre heures et demie par jour.

– Donc, la crise de la démocratie provient de la domination de la télévision ?

– La télévision est un medium à sens unique. Elle est pilotée par les annonceurs, qui l'utilisent pour vendre des produits, et pour capter l'audience la plus large avec le dénominateur commun le plus bas. Aux États-Unis, le dialogue politique est maintenant conduit pour l'essentiel au moyen d'annonces télévisées de trente secondes. L'influence malsaine de l'argent en politique découle largement de la nécessité pour les hommes politiques de rassembler assez d'argent pour se payer ces annonces. Nous avons des élections dans une trentaine de jours. 80 % du budget des candidats est employé à acheter des spots télévisés. Et ces spots ne ressemblent pas aux textes de Voltaire ou de Thomas Paine ! » Il rit.

« Ils sont plutôt sur le mode “Achetez Coca-Cola” ?

– Oui, ou alors des images de Ben Laden, de Saddam Hussein, ce genre de choses. L'espace nécessaire en démocratie pour échanger des idées complexes et des informations abondantes s'est drastiquement réduit. La veille du jour où le Sénat a voté la guerre en Irak, un sondage a montré que 77 % des Américains croyaient que Saddam Hussein était à l'origine de l'attaque du 11 Septembre. Ce jour-là, le sénateur Robert Byrde a interpellé ses collègues, au Sénat : “Pourquoi cette salle est-elle vide ?, a-t-il demandé, pourquoi cette maison est-elle silencieuse ?” La Chambre était vide parce que les sénateurs tenaient des réunions destinées à lever des fonds pour se payer de la publicité télévisée. Et la maison était vide parce que ce qui se dit au Sénat est maintenant largement hors de propos : les élus pensent que ce qui compte est ce qui est dit dans les spots de trente secondes. Alors, sur des questions aussi complexes que la crise climatique, qu'il est si difficile d'appréhender… »

Al Gore allait connaître les mois suivants une célébrité mondiale qui culminerait avec l'attribution du Prix Nobel de la paix en 2007, en récompense de son travail pédagogique sur le changement climatique. Il allait aussi publier *The Assault on Reason*. C'était une charge contre le régime de M. Bush, mais il y développait son argumentation sur la place destructrice de la télévision dans les démocraties modernes. Le livre reçut un accueil médiatique, disons, réservé.

Comme tout ce qu'écrit Gore, l'ouvrage est convaincant et bien informé. Selon lui, la démocratie repose sur la délibération publique, et les médias y tiennent une place essentielle. Mais l'échange d'arguments rationnels qui forme la « conversation de la démocratie » a été transformé par l'avènement de la radio et des techniques de manipulation d'opinion.

« La communication fondée sur la psychologie, écrit-il, a été d'abord développée par Edward Bernays, le neveu de Sigmund Freud. Bernays a adapté les idées révolutionnaires de son oncle pour créer la science moderne de la persuasion de masse – assise non sur la raison, mais sur la manipulation des sentiments subconscients et des impulsions. »

« Encornés par le troupeau de bêtes sauvages »

Bernays est né à Vienne, juste avant que sa famille n'émigre aux États-Unis. Il était le double neveu de Freud – son père était le frère de la femme de Sigmund et sa mère était la sœur du fondateur de la psychanalyse. La pensée de son oncle sur le rôle de l'inconscient allait durablement l'inspirer. Aux États-Unis, il commença sa carrière comme journaliste avant d'évoluer vers le métier qu'il allait créer, publicitaire et agent de relations publiques. Tout en menant avec succès des campagnes de communication pour le compte du gouvernement ou des grandes entreprises, il théorisa sa démarche en la présentant ouvertement comme une technique de manipulation de l'opinion.

Outre Freud, un de ses maîtres à penser était Walter Lippmann. Lippmann était un journaliste politique influent dès les années 1920 aux États-Unis. Dans plusieurs ouvrages, Lippmann développa la thèse selon laquelle les citoyens ne sont pas vraiment capables de comprendre les enjeux essentiels de la politique. « Le rôle du public ne consiste pas vraiment à exprimer ses opinions, mais à s'aligner ou non derrière une opinion. Cela posé, il faut cesser de dire qu'un gouvernement démocratique peut être l'expression directe de la volonté du peuple. » La masse devait donc s'en remettre à des « hommes responsables ». Et l'on pouvait envisager de gouverner le peuple par la « fabrication du consentement » (*the making of common will*) en utilisant les méthodes psychologiques de manipulation. « Le peuple doit être mis à sa place, afin que les hommes responsables puissent vivre sans crainte d'être piétinés ou encornés par le troupeau de bêtes sauvages. »

On retrouverait chez Schumpeter, exprimée avec le même amour de l'humanité, cette idée que les citoyens sont incapables de saisir la complexité des problèmes dans une société moderne. C'est le motif fondamental par lequel les oligarques légitiment leur domination. Incidemment, Walter Lippmann serait en 1938 au centre d'un colloque organisé à Paris au cours duquel se forgea le terme de « néo-libéralisme ». Y participaient les économistes Friedrich Hayek et Ludwig von Mises, qui allaient développer le courant idéologique qui domine aujourd'hui la scène.

Revenons à Bernays. Son propos était dénué de tout faux-semblant : « La manipulation consciente et intelligente des opinions et des habitudes organisées des masses joue un rôle important dans une société démocratique. Ceux qui manipulent ce mécanisme social imperceptible forment un gouvernement invisible qui dirige véritablement le pays. » Telle est la première phrase de son maître ouvrage, *Propaganda*, publié en 1928, et dont le titre ne pourrait être plus explicite. « La minorité a découvert qu'elle pouvait influencer la majorité dans le sens de ses intérêts. Il est désormais possible de modeler l'opinion des masses pour les convaincre d'engager leur force nouvellement acquise dans la direction voulue. »

Le fondement de cette méthode est l'idée que l'individu n'est pas maître de ses choix : « Un homme décide d'acheter des actions, explique Bernays. Alors qu'il s'imagine que seul son jugement personnel intervient dans cette décision, en réalité ce jugement est un mélange d'impressions gravées en lui par des influences extérieures qui contrôlent ses pensées à son insu. » L'art du maître de la propagande est de combiner « clichés, slogans ou images symbolisant tout un ensemble d'idées et d'expériences » et résonnant « avec les ressorts classiques de l'émotion ».

Le raisonnement de Bernays et de Lippmann marque une rupture capitale par rapport à la conception de la société politique élaborée par les libéraux au XIXe siècle : ceux-ci, dans la foulée du siècle des Lumières, considéraient que l'homme était un individu rationnel, capable de juger lucidement des inconvénients et des avantages d'une transaction ou d'une situation, et d'opérer un choix correspondant à son intérêt véritable. Sur le marché comme en démocratie, la rencontre de ces intérêts individuels divers mais rationnels devait produire la meilleure solution.

Le nouveau courant issu de l'analyse de la psychologie collective contredit cette approche, en niant la rationalité du citoyen comme celle du consommateur. Émotions et inconscient dominent la formation du choix des individus, et en jouant sur cette gamme, il est possible d'orienter leur décision vers la solution souhaitée par les manipulateurs. Il va de soi que les manipulateurs, eux, agissent rationnellement, c'est-à-dire en utilisant les moyens adéquats à leurs fins.

Ce tournant fondamental du libéralisme – ou plutôt du « néo-libéralisme » –, passant du citoyen rationnel au consommateur manipulé, ne serait jamais mis au jour par ses idéologues ultérieurs. L'essentiel est en effet que, sous les apparences de la démocratie réduite à l'élection, les « hommes responsables » gouvernent la masse sans que celle-ci ne doute du bon fonctionnement de la démocratie.

Les techniques de manipulation allaient d'abord être mises en œuvre dans le domaine économique. Un partenaire de Bernays, Paul Mazur, expliqua : « Nous devons faire glisser les Américains d'une culture des besoins vers une culture du désir. Les gens doivent être habitués à désirer, à vouloir de nouvelles choses, avant même que les précédentes aient été entièrement consommées. Nous devons former une nouvelle mentalité. Les désirs de l'homme doivent l'emporter sur ses besoins. »

Il manquait à cette logique un instrument qui lui permette de s'épanouir pleinement. Ce serait la télévision. Avec son essor dans les années 1960, le triptyque manipulation-publicité-télévision allait transformer la société politique dans le sens conçu par Bernays, Lippmann et Schumpeter : une démocratie des apparences.

Comment se faire traiter de cinglé

Est-ce qu'on fait attention à l'air qu'on respire ? Non. Est-ce qu'on fait attention à la télévision ? Non. Elle est là, dans la vie quotidienne de la quasi-totalité des habitants des pays développés, de manière aussi évidente qu'il y a une table dans une cuisine.

Selon Eurodata TV, les téléspectateurs de 76 pays passent chaque jour 3 heures et 12 minutes devant leur téléviseur. Cette durée se serait allongée de cinq minutes entre 2003 et 2008. Le record serait atteint par les Serbes, avec 4 h 53, suivis des ressortissants des États-Unis avec 4 h 37, et les Japonais avec 4 h 32, les Français se contentant de 3 h 24.

Quand j'étais gamin, dans les années 1960, il n'y avait pas de télévision à la maison. Le luxe absolu, c'était quand nous allions chez ma tante. Elle possédait un écran sur pied que l'on déroulait. On sortait le projecteur, sur lequel elle installait des bobines de film et l'on regardait, dans le ronflement de la machine, rideaux fermés, les pitreries de Donald et du grand méchant loup. C'était l'extase. À la maison, mes parents prirent l'habitude de louer un téléviseur pendant quelques semaines, autour de Noël : la chaîne – je crois qu'il n'y en avait qu'une, à l'époque – diffusait durant la période des fêtes des téléfilms clinquants.

Ensuite, la télévision s'est insinuée, pas à pas, dans la société. Les intellectuels ont fini par arrêter de dénigrer cet instrument manifestement populaire. Il devint chic, par provocation, de regarder la télévision. Puis, elle n'a plus fait débat. Elle était là, indiscutable.

Aujourd'hui, en Europe, une ou deux générations ont vécu avec la télévision dès leur plus jeune âge ; aux États-Unis, trois. Qui oserait parler d'aliénation ? Le mot aliénation, très vivant dans les années 1960, a disparu du vocabulaire. Il signifie que ceux qui y sont sujets ne s'appartiennent pas, ne sont pas vraiment eux-mêmes. Allez dire à quelqu'un qui regarde la télé tous les jours – trois heures ! – qu'il est aliéné. Il ne vous comprendra pas, et s'il comprend ce que vous dites, il vous traitera de cinglé, dans le meilleur des cas.

Al Gore a une formule incontestable : « Un individu qui passe quatre heures et demie par jour devant la télévision aura probablement un mode d'activité cérébrale très différent de celui d'un individu qui passe quatre heures et demie à lire. » À lire, ou à jouer au tarot, discuter avec ses amis, flâner, s'ennuyer… Pour Gore, « les gens qui regardent la télévision ne participent pas à la démocratie s'ils la regardent quatre à cinq heures par jour ».

La consommation télévisuelle à haute dose renvoie fréquemment à un comportement de dépendance psychique et physique : comme pour le tabac ou l'alcool, le sujet ne peut se passer de regarder l'écran, l'absence de celui-ci entraînant une sensation de vif malaise. « L'intoxication télévisuelle n'est pas une simple métaphore », affirment deux spécialistes américains. Mais la culture télévisuelle définit aussi une façon particulière d'appréhender le monde, comme l'explique Neil Postman : « L'ensemble de ces techniques électroniques nous entraîne dans un nouveau monde – un monde du “coucou, me voilà !”, où chaque événement fait son entrée en scène à toute vitesse et disparaît aussitôt pour céder la place à un autre. C'est un monde sans beaucoup de cohérence ni de sens ; un monde qui ne nous demande pas d'agir et ne nous le permet pas non plus ; un monde qui est à l'image du jeu de “coucou, me voilà” des enfants, qui se suffit à lui-même et n'a aucun lien avec quoi que ce soit. Mais, comme le jeu de “coucou”, il est aussi indéfiniment divertissant. » Destructuré, morcelé, le monde tel que le présente la télévision doit être plaisant : « Elle a fait du divertissement le mode de présentation naturelle de toute expérience, poursuit Postman. Notre poste de télévision nous met en communication permanente avec le monde, mais il le fait en affichant un sourire inaltérable. Le problème n'est pas que la télévision nous offre des divertissements, mais que tous les sujets soient traités sous forme de divertissement, ce qui est une autre affaire. Autrement dit, le divertissement est la supra-idéologie de tout discours à la télévision. »

Les maîtres de la télévision ne produisent pas un discours délibérément construit pour orienter précisément l'esprit des spectateurs. Il leur suffit de créer l'ambiance d'un monde informe et insaisissable. Le fonctionnement médiatique actuel « induit moins des idées et des comportements structurés et massivement uniformes, écrit le sociologue Jean-Pierre Le Goff, qu'il n'entretient la confusion et paralyse le jugement par la réception massive et continue d'informations, d'interviews, d'images et de commentaires mêlant indistinctement tous les genres [...]. En rendant le monde insignifiant et vain, un tel mécanisme inhibe la pensée, l'initiative et l'action, plutôt qu'il ne modèle les hommes selon une norme prédéfinie ».

Biosphère 3

Voici vingt ans, huit jeunes hommes et jeunes femmes s'engagèrent dans une étonnante expérience, dénommée Biosphère 2. Pour la mener à bien, une vaste structure fermée avait été construite dans le désert d'Arizona. Elle était soigneusement conçue pour permettre aux biosphériens une autonomie complète et rendre inutile tout apport extérieur. Divers écosystèmes miniatures – campagne, forêt, océan – fourniraient aux huit habitants les moyens de se nourrir ainsi que l'air et l'eau nécessaires à leur survie.

Entrés dans Biosphère 2 en septembre 1991, les membres de l'aventure en sortirent en septembre 1993 amaigris et fatigués. La presse et la communauté scientifique, très laudatifs au départ, multiplièrent les critiques sur le manque de cohérence scientifique de l'affaire. Avec le recul, cependant, et malgré ses imperfections, Biosphère 2 apparaît comme une démarche audacieuse, portée par une idée folle, mais généreuse : mettre au point un système artificiel mais écologique, recyclant ses ressources, dans une métaphore de Biosphère 1 – la Terre elle-même, mise à mal par une humanité peu soucieuse de respecter son équilibre écologique. « Biosphère 2 produit du rêve pour le futur, le rêve de la technologie réconciliée avec la nature », expliquait l'un des acteurs de l'entreprise.

En 2001 est apparue sur les écrans de télévision français une émission dite de télé-réalité, appelée « Loft Story ». Comme toutes les émissions du même type qui se sont depuis succédé, elle partageait avec Biosphère 2 son caractère essentiel : l'enfermement volontaire d'individus déterminés à mener une expérience sous l'œil de la collectivité. Mais l'esprit de la situation était totalement différent : la contrainte écologique est remplacée par la contrainte sociale d'interactions obligées entre les membres du groupe et de soumission au voyeurisme d'autrui, tandis que la motivation des prisonniers télévisuels était strictement individuelle, visant une forme de promotion sociale ou d'enrichissement.

Cette exacerbation d'un individualisme exhibitionniste reflète la psychologie de l'époque, ce qui explique le succès de ces émissions ; mais celui-ci tient aussi au fait qu'elles représentent une métaphore des conditions d'existence dans les sociétés occidentales.

Physiquement, le modèle de l'enfermement volontaire se généralise : l'Occidental moyen passe de plus en plus de temps dans un lieu clos, allant de sa voiture au bureau, s'approvisionnant dans des hypermarchés sans fenêtre, déposant ses enfants à l'école en automobile, se distrayant chez lui dans le tête-à-tête avec la télévision ou l'ordinateur. Le refus d'interaction avec les conditions extérieures se prolonge par la généralisation de la climatisation, qui isole les individus des conditions atmosphériques, au bureau, en voiture et bientôt à domicile, tandis que les lotissements à l'accès contrôlé, les vacances en milieu fermé (croisières ou « villages » clos) se multiplient. Parallèlement, l'expansion de l'institution pénitentiaire répond à la montée des inégalités et aux troubles gênant le confort des classes riches et moyennes : les États-Unis montrent ainsi la voie au monde « développé » en ayant multiplié le nombre de personnes emprisonnées par huit en quarante ans, de 174 000 en 1972 à 1 403 000 en 2010 !

Ainsi la société capitaliste construit-elle peu à peu Biosphère 3, une planète artificielle où l'existence quotidienne est soigneusement séparée des conditions environnementales extérieures, tandis que l'approvisionnement en ressources alimentaires est délégué à une agriculture industrialisée. La civilisation technique se prépare aux effets que pourraient avoir l'approfondissement de la crise écologique et le changement climatique : elle prétend s'adapter par le clivage entre son milieu de vie étanche et les désagréments météorologiques, biologiques et sociaux qui pourraient advenir.

L'état d'esprit qui entoure les aventures des héros des émissions de télé-réalité se comprend ainsi dans le contexte de souveraineté idéologique du capitalisme. Indifférent à la montée des inégalités et à la dégradation écologique qu'il approfondit continûment, il n'a plus besoin d'avancer de légitimité particulière, depuis que le communisme relève d'un monde révolu. Son idéal est la maximisation du profit, sa prescription collective l'accroissement de la production matérielle, son mot d'ordre : « Consommez ! »

Il lui reste à trouver, dans cet univers dont la vacuité morale devient difficile à camoufler sous le masque coloré que dessinent la télévision et la publicité, quelque chose qui pourrait s'apparenter à une raison de vivre, sublimant le modèle de surconsommation proposé à l'Occidental de base. À cet égard, la télé-réalité nous donne une seconde clé pour comprendre le monde où nous vivons. Dans une société vide de sens, soigneusement encadrée, et où il s'agit de maintenir l'ordre inégalitaire, le sexe devient le meilleur opium du peuple. Il importe assez peu, à cet égard, que le nombre de copulations dans la télé-réalité semble limité.

Dans *La Pornographie*, le romancier polonais Witold Gombrowicz décrit la manière dont « deux messieurs », présents par les hasards de l'existence dans une maison où, parmi d'autres convives, séjournent deux adolescents, vont peu à peu concevoir le jeu, bientôt devenu une obsession, d'inciter ceux-ci à concrétiser le couple virtuel auquel ils ne songeaient pas originellement. Gombrowicz pour qui, « après la trentaine, les humains sombrent dans l'horreur », détaille cette manipulation anxieuse, voyeuriste – dans laquelle d'ailleurs aucun acte véritablement sexuel n'est achevé, tout restant dans l'attente et le potentiel –, comme la pornographie à l'œuvre.

Il ne fait guère de doute, à cette aune, qu'avec la télé-réalité nous ne participions à une entreprise de pornographie collective, où plusieurs millions d'individus interrogent le glissement organisé des acteurs vers ce que l'on ne saurait appeler de l'amour ni même un érotisme joyeux. Et voilà Biosphère 3 : un monde nauséeux, où l'omniprésence de l'artificiel ne sert que de décor à des huis-clos pervers.

Les ouvriers n'existent pas

Le 25 mai 2010, dans l'émission « Dilemme » de la chaîne W9, la jeune Ophélie, tenue en laisse par une comparse, se traînait à quatre pattes, mangeant des croquettes pour animaux dans une gamelle. Elle acceptait de faire le chien dans l'espoir d'aider son équipe à gagner 3 000 euros. De « Loft Story » à « Secret Story » en passant par « L'île de la tentation », la télé-réalité ne joue pas seulement sur les huis-clos dont la clé est la tension érotique, elle cultive aussi les facettes les plus médiocres de la nature humaine : on accepte de prendre un bain de purin, on se livre à des stimulations sexuelles sur un cheval, on s'injurie à longueur d'antenne – « pédophile », « connard », « sénile », « pouilleuse » –, on accepte d'être emprisonné et maltraité par de (faux) compagnons de cellule, on inflige des électrochocs à un candidat qui répond mal aux questions – c'est ici un faux jeu, destiné à montrer jusqu'où les gens sont prêts à aller.

Rien n'est plus utile à l'oligarchie que la vulgarité et la veulerie que met si complaisamment en scène la télévision. L'individualisme qu'expriment ces spectacles correspond à l'idéologie qu'elle encourage efficacement depuis une trentaine d'années, et la distraction proposée détourne les foules de toute interrogation politique. La surreprésentation des rapports émotionnels entre individus – compétition, frustration, désir, cupidité – évacue tout rapport collectif du champ de la conscience des spectateurs.

On encourage de même un intérêt démesuré pour les activités sportives – d'ailleurs transformées en un marché où l'« idéal sportif » se mesure en millions d'euros ou de dollars –, et l'on peuple feuilletons et téléfilms de policiers, de délinquants, d'hôpitaux. « L'inflation de séries policières constitue un appel d'air pour les idées sécuritaires », relève *Politis*. Dans « Plus belle la vie », un feuilleton très populaire en France mettant en scène la vie quotidienne d'un quartier de Marseille, la question de la « sécurité » est largement exagérée : « On compte ainsi cinquante et un homicides en quatre ans, plusieurs tueurs en série ainsi qu'une kyrielle de gardes à vue et d'emprisonnements : pour une population d'une petite trentaine d'individus, la fréquence rocambolesque des drames paraît élevée », observe Mathias Roux, qui pointe aussi « la quasi-inexistence des thématiques proprement sociales (le chômage, la précarité, le harcèlement au travail, etc.) », tandis que « les ouvriers, qui constituent en France près de 23 % des actifs occupés, n'apparaissent tout simplement pas ». Les séries américaines telles que « 24 Heures chrono », « Lost », « Alias » ou « Law and Order » permettent d'accoutumer le public à l'usage de la torture : de 2002 à 2005, pas moins de 624 scènes de torture ont été diffusées aux États-Unis durant les heures de grande écoute contre seulement 102 de 1996 à 2001, selon le Parents Television Council.

La publicité qui parsème et nourrit les programmes est un autre outil essentiel de formatage idéologique. Elle ne cesse de projeter des images de réussite fondée sur un surcroît de consommation. Pour être beau, heureux, en bonne santé, avoir des amis, il faut détenir ce que l'on veut vous faire acheter. Le message est simple, puissant et totalement politique : consommer, c'est bien.

Si l'on peut estimer qu'une séquence publicitaire est diffusée en moyenne toutes les trente minutes de programme, regarder l'écran trois heures et demie par jour impose donc de subir sept séquences quotidiennes d'annonces. En une année, cela représente plus de 2 500 séquences, en dix ans, plus de 25 000. Cela influence évidemment la conscience collective.

Les journalistes décorés

Faut-il rappeler que les télévisions – et les principaux médias écrits et radio – appartiennent à de grands groupes ? Le dangereux gauchiste Al Gore souligne « la concentration accrue de la propriété [des chaînes] par un nombre toujours plus restreint de corporations », précisant : « Une des plus évidentes et dangereuses consolidations de puissance s'est formée dans les médias, où des conglomérats puissants ont utilisé leur richesse pour conquérir plus de puissance et donc plus de richesses. » Au Québec, presque tous les médias sont contrôlés par trois groupes, Power Corporation, Quebecor et Corus.

En Italie, le président de la République, Silvio Berlusconi, est lui-même propriétaire des plus importantes chaînes privées. En Grèce, les médias privés sont détenus par une dizaine de personnes qui sont par ailleurs armateurs ou entrepreneurs dans la construction : « Les différences d'opinion entre les chaînes privées sont minimes », observe Alexandra Koronaiou, professeur d'université. Des chercheurs néerlandais ont étudié le degré de concentration des médias dans dix pays européens ; ils utilisent comme indice la part de marché détenue par les trois plus grands groupes : la télévision était le plus concentré en Allemagne (91 % par les trois premiers groupes), devant l'Italie (89 %), les Pays-Bas (85 %) et la France (81 %).

Les grands médias écrits et radiophoniques ne sont pas plus diversifiés, et appartiennent souvent à des industriels ou à des financiers (en France, par exemple, *Le Figaro* à Dassault, *Le Point* à Pinault, Europe 1 et nombre de magazines à Lagardère, *Le Monde* au représentant de la banque Lazard, Matthieu Pigasse, et aux milliardaires Pierre Bergé et Xavier Niel). L'agenda idéologique des médias est souvent affiché sans réserve comme aux États-Unis sur Fox News, propriété de Rupert Murdoch, un modèle de propagande, ou dans la presse québecoise appartenant au groupe Power du milliardaire Paul Desmarais – « Il ne l'a jamais caché. Il a acheté *La Presse* dans le but d'en faire un journal résolument opposé à la souveraineté du Québec » –, sur les chaînes de Silvio Berlusconi ou dans *Le Figaro* de M. Dassault, branche officieuse du service de communication de Nicolas Sarkozy. À vrai dire, dans presque tous les pays occidentaux, les médias réellement indépendants de quelque importance se comptent sur les doigts d'une seule main, de deux mains si l'on est optimiste. Et leur audience est le plus souvent marginale par rapport à la puissance des grands médias.

Quant aux journalistes eux-mêmes, il est bien rare qu'arrivés à un certain degré de responsabilité, ils ne trouvent plus agréable de manger dans la main des puissants que d'exercer une saine alacrité critique. Il est vrai que tous les dispositifs économiques et idéologiques sont faits pour qu'il soit très difficile de « parvenir » à un degré de responsabilité médiatique si l'on ne manifeste pas subtilement le talent de savoir plier l'échine sans que le public ne s'en aperçoive. Je parle ici de ce qui concerne la France, ne pouvant juger exactement des mœurs journalistiques de nos voisins. Le présentateur du principal journal de la chaîne de « service public » ou l'intervieweur le plus en vue d'Europe 1 y trouvent naturel de fréquenter Le Siècle, un des plus notoires clubs d'oligarques, tout comme à une époque le rédacteur en chef des *Échos* de participer régulièrement aux réunions du groupe Bilderberg ; et Christine Ockrent ne s'émeut pas de diriger l'audiovisuel public tourné vers l'international alors que son époux est ministre des Affaires étrangères, cependant que des journalistes par dizaines se réjouissent de recevoir la Légion d'honneur. On n'en finirait pas de faire l'inventaire des connivences assumées ou passives par lesquelles les journalistes abdiquent leur indépendance d'esprit – à moins, tout simplement, qu'ils assument sans état d'âme les valeurs de l'oligarchie qu'ils servent ou à laquelle ils appartiennent.

L'atmosphère générale est, disons-le, puante. Un exemple : j'avais écrit un portrait de Nathalie Kosciusko-Morizet, nouvelle secrétaire d'État à l'écologie et personnage intéressant. Un mois plus tard, j'entends ce message sur mon répondeur téléphonique : « Bonjour M. Kempf. Ici Jean-Pascal B…, responsable des distinctions honorifiques au cabinet de Nathalie Kosciusko-Morizet. Je me permets de vous contacter car notre ministre souhaiterait voir votre nom parmi les prochains promus de l'ordre national du Mérite. » Il me fallut signifier à la dame un refus rappelant l'évidence : « La promotion qui m'est proposée pourrait altérer mon indépendance d'esprit, qu'il s'agisse de louer ou de fustiger. »

La liberté ou le capital

Mais plus encore que ce dont les journalistes des télévisions parlent, l'important est ce qu'ils taisent. Comme l'observe le réalisateur Pierre Carles, « il y a des choses dont on ne parle pas, il n'y a pas d'enquête audiovisuelle critique sur les grands groupes français, les dirigeants politiques et médiatiques ».

Voici un exemple vécu des moyens par lesquels la loi de l'argent fait en sorte d'éviter les sujets dérangeants. Il n'y a pas en France d'émission de télévision consacrée à l'écologie, du moins en termes d'enquête et d'investigation. En réalité, un tel programme a existé. Il a été diffusé tous les mois durant la saison 1991-1992.

Les industriels sont les premiers défenseurs de l'environnement, semble-t-il. En 1991, ils étaient tellement passionnés par la cause qu'ils décidèrent de soutenir une émission sur la question. L'objet s'appelait « Sauve qui veut » et serait diffusé sur Antenne 2. Las, la chaîne publique se sentait trop pauvre pour financer totalement le projet. Elle assura quelque 60 % du budget mensuel d'environ 137 000 euros, à charge pour le producteur, l'agence Capa, de trouver le solde. Le journal *Que Choisir* vint à la rescousse pour 23 000 euros, et la Fondation européenne de l'environnement (FEE) boucla le tour de table. La caisse de la FEE était alimentée par les membres de son conseil d'administration, à savoir EDF, Total, Shell, BNP, etc.

Les journalistes de « Sauve qui veut » avaient la bizarre volonté de faire du journalisme. Tandis que la première émission soulevait une affaire de construction illégale sur la Côte d'Azur, la seconde démontait une filière illégale d'importation de déchets allemands et montrait comment un projet de ligne à haute tension s'apprêtait à défigurer une vallée pyrénéenne, le Val Louron. C'en était trop : au conseil d'administration de la fondation, une des compagnies déclara, me rapporta-t-on, que « ce n'était pas la façon dont elle concevait une émission d'environnement ». Les autres entreprises opinèrent du bonnet et la FEE se retira du programme.

Il fallait trouver, d'urgence, un nouveau mécène. Une firme de cosmétiques se défila. On conçut une émission sur l'eau, dont le contenu insipide ne sut pas séduire l'un des géants français de ce secteur d'activité. Enfin, la Fondation Elf vint à la rescousse. Nos petits Tintin allaient-ils reprendre leurs aventures ?

Pas exactement. Capa avait une filiale, Capa Entreprises, spécialisée dans les films… d'entreprises. La Cogema (Compagnie générale des matières nucléaires) lui confiait alors la réalisation télévisée de diverses opérations. Au même moment, j'étais chef d'enquêtes de « Sauve qui veut ». Je proposai un sujet d'émission sur les produits radioactifs baladeurs. On me répondit que – eh bien, on en parlerait plus tard, quand le contrat avec la Cogema serait exécuté. Je m'indignai, recourus à un avocat, consultai le syndicat des journalistes, écrivis au directeur de Capa. L'émission finit par se faire en mai 1992 – et récolta la meilleure audience de la série, avec 23,4 % de parts de marché.

La suite ? Je quittai l'émission à la fin de la saison, elle reprit à la rentrée, et, après deux ou trois épisodes « consensuels » qui récoltèrent un audimat anémique, elle se transforma en émission sur la santé qui disparut peu après dans l'indifférence.

Vieille affaire, n'est-ce pas ? Mais depuis, vous pouvez chercher attentivement, il n'y pas eu d'émission d'environnement qui enquête sur des sujets mettant en cause de réels intérêts économiques.

Au printemps 2009, la télévision diffusait le film *Home*, de Yann Arthus-Bertrand : un film soulignant la gravité de la crise écologique, mais en évacuant tout rapport politique de son propos. Il était subventionné de manière visible par le groupe LVMH, les marques d'articles de luxe Gucci, Balenciaga, Boucheron apparaissant au générique du film. J'écrivis un article critique sur celui-ci. Cela suscita une petite discussion par courriels avec une collaboratrice de cette réalisation, personne fort estimable au demeurant. Une phrase émergea de son propos : « On ne peut pas faire un film de prise de position, quand bien même on s'appelle Yann Arthus-Bertrand, si on veut pouvoir être distribué gratuitement et partout. »

Les uns jacassent, les autres se tracassent

Il y a enfin deux autres moyens par lesquels les maîtres des médias orientent la formation de l'opinion publique. Le premier réside dans le choix des intervenants autorisés à participer à la « conversation démocratique ». La méthode est ici très simple : les voix autorisées sont celles qui expriment les différentes variations de la doxa fondamentale, et qui forment une sorte de club auquel ne participent qu'exceptionnellement des voix réellement dissonantes. Le test de vérification de cette assertion est aisé : en France, par exemple, on observera combien de fois les intellectuels et experts qui s'expriment par exemple dans *Politis* et *Le Monde diplomatique* participent aux quelques émissions qui affichent une ambition en matière de débat. Aux États-Unis, le même test pourra être fait avec les voix qui s'expriment dans les médias marginaux, quoique roboratifs, tels que *The Nation* ou *Democracy Now*.

Plusieurs thèmes semblent interdits d'expression argumentée sur les grands médias : parmi d'autres, la dénonciation du capitalisme, l'ampleur des inégalités, la contestation de la croissance, la mise en cause du régime policier.

Un caractère intriguant de la conversation oligarchique est que les interlocuteurs autorisés peuvent raconter à peu près n'importe quoi sans que le système médiatique en tire la moindre conséquence. Par exemple, Jacques Attali préconise en 2008, alors que la crise financière commence à se développer, d'aligner le statut de la place de Paris sur celui – ultra spéculatif – de la City de Londres, et de donner une position éminente dans les commissions de régulation « aux champions de la finance », ceux-là mêmes qui conduisirent à la fin de l'année le système financier au désastre. Ce personnage confirme sa sagacité en prédisant, dans son ouvrage *Une brève histoire de l'avenir*, publié en 2006, que la firme d'assurance AIG serait l'une des « entités les mieux capables de réunir les moyens d'un projet mondial durable » au XXIe siècle. Fin 2008, l'assureur annonce la pire perte jamais subie par une entreprise américaine. Il est sauvé de la faillite par l'intervention de l'État. Ces brillantes prédictions n'empêchent pas M. Attali de rester un habitué des médias, tout à fait oublieux de ses propos précédents pourvu qu'il prêche la bonne parole néo-libérale et croissanciste.

Le cas de Claude Allègre n'est pas moins significatif. Début 2010, il publie un pamphlet dénonçant l'« imposture » du changement climatique. Il apparaît rapidement que le livre est truffé d'erreurs, de fausses citations, de graphes arrangés, et s'appuie sur des scientifiques qui soit n'existent pas, soit n'ont pas dit ce que prétend leur faire affirmer M. Allègre. Cela n'empêche pas télévisions, radios et journaux de dérouler le tapis rouge devant le pseudo-iconoclaste, qui a pour principal mérite de pourfendre les écologistes tout en prônant la poursuite de la croissance et la vertu des technologies.

Il ne suffit pas à l'oligarchie de contrôler la majorité des médias et la bonne parole qu'ils délivrent. Il faut aussi effrayer les journalistes qui font encore leur travail. On use ici de ce que les Québecois appellent les « poursuites bâillons » : poursuivre en justice, afin de les « bâillonner », les producteurs d'informations dérangeantes. L'entreprise financière Clearstream, basée dans ce paradis fiscal qu'est le Luxembourg, harcèle le journaliste Denis Robert – 200 visites d'huissiers, 30 procédures judiciaires engagées – après son enquête sur cette chambre de compensation. Le milliardaire Vincent Bolloré conduit au tribunal le journaliste Benoît Collombat pour un reportage sur la gestion par l'homme d'affaires du port de Douala, au Cameroun, et de ses plantations de palmiers à huile. Les compagnies minières canadiennes réclament 11 millions de dollars pour diffamation aux auteurs de *Noir Canada*, enquête sur les agissements de ces entreprises dans les pays africains ou d'Amérique latine. Le PDG de Casino, Jean-Charles Naouri, attaque le petit journal *Fakir*, qui a le mauvais goût de faire une enquête sur ce groupe de la grande distribution. Claude Allègre attaque *Politis* pour une tribune dans laquelle des intellectuels ont rappelé ses manquements à l'éthique scientifique.

Le but de ces manœuvres est clair comme de l'eau de roche : faire peur aux journalistes libres et aux journaux, par l'embarras des procédures, toujours coûteuses. Le procès, dans lequel les moyens déployés par les puissants dépassent de loin ceux de leurs cibles, est parfois gagné, souvent perdu. Mais l'avertissement à tous est clair : « Nous avons les moyens de vous faire taire. »

5

Pourquoi ne se rebelle-t-on pas ?

La facilité avec laquelle le régime oligarchique a digéré la crise financière ouverte en 2007 est déconcertante. Pourtant, le sauvetage du système financier a rendu plus visible que jamais, d'une part l'importance vitale de l'intervention publique, démontrant l'inanité du dogme du marché, d'autre part le cynisme et l'impéritie des « champions financiers » et autres « experts » incapables de prévoir la catastrophe. Les peuples d'Occident n'en ont pas moins continué à accepter sans grands remous la montée du chômage, la multiplication des pauvres, une inégalité stratosphérique, la poursuite implacable de la destruction écologique. Rien dans le système de pouvoir n'a réellement changé. L'inévitable réforme financière en cours prend la forme d'un arrangement interne entre oligarques, une recomposition des forces dans la classe dirigeante, sans qu'une refondation véritable soit discutée ni envisagée.

La question centrale de notre situation politique reste celle-ci : sommes-nous en phase de démocratie dégénérée ou déjà en régime oligarchique ? La passivité du corps social semble justifier la réponse pessimiste. Les oligarques auraient ainsi durablement gagné, gouvernant une masse informe de sujets distraits de leur sort par une télévision insipide, hypnotisés par des événements sportifs ininterrompus, soulagés des trop grandes détresses par des allocations de survie reçues comme un geste de charité.

« Je ne veux pas retourner chez Mickey »

Comment l'apathie populaire s'explique-t-elle ? L'une des causes en est, comme nous l'avons vu au chapitre précédent, le conditionnement mental et politique permis par le contrôle des médias et notamment de la télévision. La jeunesse est la première victime : sa culture vient prioritairement du petit écran, qui a favorisé tout à la fois sa niaiserie et son individualisme, puisque le rapport spectaculaire isole le plus souvent le sujet passif. Avoir ingurgité 100 000 messages publicitaires depuis sa naissance ne facilite guère l'élaboration d'une vision politique du monde. La majorité des jeunes acceptent avec une placidité naïve la domination de leurs aînés, qui eux ont su, à une époque où la politique était vivante, imposer leur force nouvelle. Aujourd'hui, indique le sociologue Louis Chauvel, « les hommes des classes dominantes âgés de 55 à 65 ans concentrent à leur profit l'ensemble des pouvoirs, sans partage ». La génération du baby-boom, poursuit-il, a bénéficié de l'État providence légué par ses parents, l'a consommé allègrement, et n'en laisse que des miettes à ses successeurs. Mais ceux-ci regardent « Secret Story » sans penser à mal, les braves petits.

Le prolongement du conditionnement médiatique est le fatalisme, qui est devenu un trait commun de l'époque. Le TINA – « *there is no alternative* », il n'y a pas d'alternative – de Margaret Thatcher s'est durablement incrusté dans les esprits et se décline sous de multiples modes : il n'y a pas d'autre solution que le capitalisme, puisque le communisme a été vaincu ; nous sommes en démocratie, puisque nous ne sommes pas en dictature ; la croissance est indispensable, sinon le chômage augmentera encore ; critiquer les inégalités est populiste ; on ne peut pas taxer les hyper-riches, puisqu'ils s'enfuiraient ailleurs ; tout ce que nous pourrons faire pour l'environnement sera annulé par le poids de la Chine, etc. Les griots des oligarques babillent en permanence ce discours d'impuissance. Et chacun de croire que, non, décidément, on ne peut rien faire, puisque tout semble toujours trop complexe et déterminé ailleurs.

Le fatalisme est d'autant plus intense qu'il sourd d'une culture devenue massivement individualiste, comme je l'ai exposé dans *Pour sauver la planète, sortez du capitalisme*: le succès massif, brillant et incontestable du capitalisme depuis 1980 a été de généraliser à un point jamais vu le repli sur soi, le déni du collectif, le mépris de la coopération, la concurrence ostentatoire. Incapables de s'unir dans la protestation, les plus faibles se réfugient dès lors dans toutes les formes de fuite: l'errance des sans domicile fixe, l'abus d'anxiolytiques, le dérivatif de la drogue, les compulsions diverses. Presque tout cela est excellent, d'ailleurs, du point de vue capitaliste, puisque cela développe autant de marchés prospères. Mais, de plus en plus fréquemment, l'incapacité à exprimer avec d'autres sa frustration conduit au suicide, la vengeance du désespoir. Tel, parmi des milliers, ce cuisinier d'Euro Disney qui met fin à ses jours en gravant ce message sur le mur de sa maison: « Je ne veux pas retourner chez Mickey. »

La rébellion, même, est devenue individuelle. Et sans doute s'agit-il alors d'une impasse. C'est le propos du très beau film de Sean Penn, *Into the Wild*, sorti en 2008. Il raconte l'histoire vraie de Christopher McCandless, un jeune homme qui achève brillamment ses études. Ses parents s'attendent à le voir se diriger vers une brillante carrière, à l'image du père, ingénieur prospère. Mais Christopher refuse la voiture neuve qu'ils veulent lui offrir, et va courir l'aventure dans son vieux tacot d'étudiant. La veille de son départ, il envoie à une association caritative un chèque de 24 000 dollars, don de ses riches parents, roule, brûle son argent, abandonne sa voiture, et continue en stop, sac au dos, au hasard des rencontres que son goût de la liberté et sa joie de vivre rendent le plus souvent joyeuses. Il danse avec les chevaux, campe sur les montagnes, croise des hippies d'une autre époque, descend une rivière sauvage en canoë, se retrouve à Los Angeles dans un hospice pour sans-abris, qu'il fuit aussitôt, ainsi que la ville. Il se dirige vers l'Alaska, où il veut vivre *into the wild*, dans la nature sauvage. Il s'y installe dans un vieux bus abandonné, et il vit des produits de la chasse et de la cueillette.

Alors que son chemin semblait avoir conduit le jeune homme à la maîtrise de l'autonomie et de la liberté, l'aventure va se conclure par un échec tragique. Satisfait des huit ou dix semaines vécues dans son refuge, Christopher s'apprête à revenir vers la société. Mais une mauvaise surprise l'attend : la rivière qu'il avait traversée à l'aller s'est transformée, grossie par la fonte des neiges, en un torrent puissant et infranchissable. Il doit rester. Cependant, l'envie s'est dissipée, il n'a plus de munition et ne peut plus chasser. Il est bientôt saisi par la faim. Il cueille des baies, se trompe de plante et mange des fruits empoisonnés. Agonisant, il note dans son journal « le bonheur ne vaut que s'il est partagé », et se couche pour mourir. Des chasseurs retrouveront son corps.

Un homme cherche la liberté. Il découvre, dans l'âpre solitude, que la conquête du Graal est amère : il n'y a pas de rédemption individuelle.

L'obscure solidarité avec les maîtres

Le conditionnement médiatique et l'incrustation de l'individualisme dans la psychologie collective ne suffisent toutefois pas à répondre à la question de l'apathie collective. Les sociétés oligarchiques ne sont pas des dictatures régnant sur des ombres craintives. Si les gens ne se rebellent pas, c'est aussi parce qu'ils ne le veulent pas.

À une époque autrement plus contestatrice qu'aujourd'hui, Cornelius Castoriadis et Herbert Marcuse avaient déjà observé le phénomène qui contredisait le misérabilisme marxiste. Pour Castoriadis, il y a « une vérité élémentaire qui paraîtra très désagréable à certains : le système tient parce qu'il réussit à créer l'adhésion des gens à ce qui est ». Cette adhésion relève des processus de « fabrication sociale de l'individu », notamment par « l'instillation aux gens, dès la tendre enfance, d'un rapport à l'autorité », ainsi que d'« un ensemble de "besoins" à la "satisfaction" desquels ils seront par la suite attelés toute leur vie durant ». D'abord, la culture capitaliste a mis « au centre de tout les "besoins" économiques », et ensuite, « ces besoins qu'il crée, le capitalisme, tant-bien-que-mal-et-la-plupart-du-temps, il les satisfait ».

De même, Herbert Marcuse avait souligné, dès les années 1960, la disparition de l'opposition entre prolétariat et bourgeoisie à partir du moment où « une classe moyenne relativement satisfaite a remplacé les classes laborieuses pauvres ».

Dans les années 1920, la firme automobile Ford a dessiné un nouveau modèle industriel : des ouvriers bien payés fabriqueraient des voitures simples et toutes identiques, en grand nombre, ce qui en abaissait le coût. Le capitalisme a alors compris qu'il pourrait prospérer, grâce à des productions en très grande série, en généralisant l'abondance matérielle à tous les étages de la société, et notamment celui de la classe ouvrière. Ce mécanisme a parfaitement fonctionné après la Seconde Guerre mondiale, et les Trente Glorieuses peuvent se lire comme l'extinction progressive de la conscience de classe par l'opulence généralisée, même si celle-ci restait inégalement distribuée. Les luttes ouvrières ont certes contribué largement à ce résultat : le paradoxe est que leur succès a épuisé leur énergie. Les ouvriers n'ont plus rêvé de prendre le pouvoir en corps, mais d'améliorer leur sort individuellement. Ils ont paru se fondre dans les informes classes moyennes. La course à la supériorité symbolique a pris le pas sur la lutte de classes, l'aliénation par les objets a remplacé l'aliénation par l'exploitation, le théoricien de la rivalité ostentatoire, Thorstein Veblen, est devenu plus pertinent que Karl Marx.

Le mécanisme a commencé à se gripper dans les années 1970, lorsque la première crise pétrolière, coïncidant avec l'alerte des écologistes sur la finitude des ressources, a ébranlé le capitalisme. Mais elle lui a aussi donné de nouveaux moyens de rebondir. L'abondance avait dissipé l'essentiel de l'énergie contestataire, et voici que la crise, par le retour du spectre du chômage, réduisait de surcroît au silence les discours critiques. Cette évolution du rapport de forces a permis aux capitalistes néo-libéraux d'imposer leur idéologie, remettant en cause l'« excès de démocratie » dénoncé par la Trilatérale, développant une activité financière intense et mondialisée, changeant l'équilibre de la richesse collective en faveur des riches.

Cette poussée des inégalités s'est opérée différemment selon les pays. Elle a été la plus sauvage aux États-Unis. Mais le capitalisme américain a maintenu le niveau de vie apparent de la majorité de la population – indispensable pour soutenir la croissance – en la poussant à s'endetter toujours plus. Cet endettement démesuré, puisque sans contrepartie véritable dans les revenus des emprunteurs, a conduit à la crise ouverte en 2007.

En Europe, l'endettement des ménages a été moins exagéré, sauf en Grande-Bretagne et en Espagne. Mais l'évolution a été semblable : forte augmentation des hauts revenus, médiocre progression du revenu des classes moyennes et pauvres, poussée de la pauvreté durant les années 2000. La précarisation croissante et le prix de plus en plus élevé des logements conduisent à un sentiment d'insécurité et de déclassement statutaire : la difficulté vécue quotidiennement par les classes pauvres – quasiment exclues du jeu – remonte lentement mais sûrement vers le haut de l'échelle sociale.

Pourtant, cette évolution n'a pas encore nourri de sentiment de révolte ou de solidarité avec les plus démunis. La vie reste assez confortable. C'est la peur qui domine : « La grande masse des gens se disent que cela peut être encore pire, dit Susan George : ils ont peur de perdre leur emploi, ils ont peur de l'avenir, ils ont peur pour leurs enfants – c'est la première génération qui dit que ses enfants connaîtront une situation moins bonne que la sienne. » La perte du statut guette, alors que le système de valeurs de la société, orienté par la rivalité ostentatoire, stigmatise tout ce qui s'apparente à une déchéance. Les stratégies de repli individuel dominent donc le comportement des classes moyennes.

Enfin, celles-ci s'imprègnent de la découverte que, malgré leurs difficultés, elles font partie des riches de la planète. L'évidence de l'inégalité planétaire finit par s'imposer au regard de tous, et les habitants des sociétés occidentales, même grugés par l'oligarchie, se savent des privilégiés, ce qui crée une solidarité paradoxale avec la classe dirigeante qui profite cyniquement de la fragilité générale. Jean-Claude Michéa explique bien ce phénomène : « L'Américain "moyen" possède un niveau de vie privilégié, puisque l'universalisation de ce niveau de vie supposerait déjà que les ressources écologiques de la planète soient au moins multipliées par dix. On peut donc appeler classes dominantes l'ensemble hétérogène des individus dont le niveau de vie matériel ne peut pas, sur un territoire déterminé, être universalisé [...]. Cela signifie simplement que ces classes sont, par définition, objectivement intéressées au maintien du système de domination politique, économique et culturel qui assure en leur faveur le partage des richesses existantes. »

Le peuple est souverain, sauf quand l'oligarchie en décide autrement

Une autre raison explique que nos concitoyens ne bousculent pas les possesseurs de yachts et les acheteurs de cigares qui les méprisent si ostensiblement : ils croient qu'ils sont en démocratie. Imparfaite, malade, fatiguée, mais en démocratie. Or, la démocratie, c'est le pouvoir du peuple, n'est-ce pas ? Comment donc le peuple pourrait-il se révolter contre lui-même ?

Dans la plupart des pays occidentaux, le sentiment démocratique est durablement enraciné dans l'esprit populaire. Tous veillent à entretenir soigneusement le décor des procédures qui en constituent le rite et dont l'élection est le solennel dénouement. Le théâtre politique est indubitablement coloré : on vote fréquemment, les institutions fonctionnent, les politiciens s'agitent sans repos, le bruissement incessant des informations et des commentaires semble témoigner de la vitalité de la libre expression. Comment ne pas penser que nous sommes en démocratie ? Et si les intellectuels et les politologues, oublieux de la leçon grecque, ignorent le concept d'oligarchie, comment des citoyens nourris au lait de l'insipide petit écran pourraient-ils eux-mêmes s'y référer ?

Certes, les compromissions, les accords secrets, la collusion entre les milieux d'affaires et les décideurs politiques, la prédation organisée du bien public par les capitalistes, toute cette occupation de la coquille démocratique par l'oligarchie est de moins en moins recouverte du voile de la morale républicaine. Nous participons à un jeu dans lequel un des joueurs gagne toujours. Quelle chance, quel hasard ! Mais tant que la tricherie n'est pas ouvertement mise au jour, les partenaires ne peuvent que continuer à perdre en espérant que le sort tournera, ou quitter la table.

De plus en plus nombreux, à vrai dire, sont ceux qui quittent la table : ils s'abstiennent aux élections. La tendance est continue, observable par exemple dans le taux d'abstention des électeurs européens à l'élection du Parlement de Strasbourg : de 38 % en 1979, il est passé à 41 % en 1984, 41,5 % en 1989, 43,3 % en 1994, 50,5 % en 1999, 54,6 % en 2004 et 56,8 % en 2009. L'abstention devient structurelle, comme aux États-Unis, malgré une tradition politique différente, comme l'ont montré Françoise Subileau et Marie-France Toinet. Même si l'abstention n'exprime pas tant le rejet du politique que le refus d'un jeu biaisé, le paradoxe est qu'elle renforce le caractère oligarchique du régime : les plus pauvres, les ouvriers et les jeunes s'abstiennent davantage que les autres, si bien que les couches supérieures et les électeurs âgés pèsent davantage dans le choix des représentants, qui accordent donc encore plus d'attention à leurs desiderata.

Il devient cependant de plus en plus évident que les tricheurs mènent la partie. Les référendums sur l'Europe ont été à cet égard un extraordinaire révélateur : alors que le Traité constitutionnel a été rejeté par un vote sans ambiguïté dans deux pays fondateurs de l'Union européenne, la France et les Pays-Bas, en 2005, il fut imposé aux peuples sous le nom de traité de Lisbonne ; et quand le peuple irlandais le refusa en 2008, on le fit revoter pour lui arracher son accord. Tout le monde comprit dès lors quelle était la nouvelle règle : le peuple est souverain, sauf dans les cas où la classe dirigeante en décide autrement.

Comment pourrait-on décrire la situation politique ? Les classes populaires, dépourvues de porte-voix politique et sans conscience collective, semblent marginalisées, et vouées à exprimer leur frustration dans des révoltes qui justifieront un accroissement de la répression policière. Quant aux classes moyennes, elles se rendent compte qu'elles ont été bernées : après que, depuis quelques années, on a pris conscience de l'inégalité profonde qui caractérise les pays occidentaux, on découvre peu à peu que la démocratie n'est plus que le manteau jeté sur la volonté inflexible de l'oligarchie. Mais si le doute voire la colère mûrissent, c'est sans construction politique sur laquelle s'appuyer, sans vision de l'avenir. On ronchonne, mais dans le souci de conserver une situation jugée confortable. On murmure, mais sans pouvoir se défaire de la fragmentation individualiste qu'entretiennent en permanence la télévision et les médias. On a intériorisé l'idée qu'il n'y a pas d'alternative au système dominant et l'on qualifie d'utopie tout ce qui est différent.

On ne se rebelle pas, parce qu'on ne sait pas quelle cause défendre. Les Occidentaux ne savent pas encore à quel point le monde a changé.

6

Le défi de la démocratie planétaire

C'était dans le métro parisien, au terminus de la place d'Italie, le 17 janvier 2008. Le train attendait l'ordre de s'ébranler, et durant la pause, des passagers faisaient ce qui est devenu si rare, converser entre inconnus. Je notai un échange frappant.

Une dame, bien mise : « Les riches vont devenir plus riches, les pauvres plus pauvres. – Un homme noir : Moi, je suis pauvre. – La dame : Mais avant, on pouvait s'en sortir. Maintenant, on va tous devenir plus pauvres. »

La politique de la catastrophe

Deux illusions caractérisent la vie politique des pays occidentaux au début du XXIe siècle : la première, que nous avons explorée, consiste à se croire en démocratie quand on glisse vers le régime oligarchique ; la seconde est de considérer l'économie comme l'objet presque exclusif de la politique. Ces deux quiproquos découlent du même aveuglement, ou de la même manipulation, selon le point de vue où l'on se place : ne pas voir ou ne pas montrer que le système social est aujourd'hui organisé pour attribuer la plus grande part possible du produit de l'activité collective à un petit nombre de membres dirigeant la société. Ceux-ci proclament que la prospérité économique est la clé de tout, et que la croissance, assortie de la technologie, résoudra les problèmes, que l'on ne peut pas nier. « Le premier boulot d'un responsable politique est de s'assurer qu'il y aura de la croissance », affirme Jean-François Copé, éminence politique de l'oligarchie française.

Ce double malentendu aurait une importance historique secondaire s'il n'évacuait le phénomène dominant l'époque : une crise écologique qui correspond à un moment décisif de l'histoire de l'humanité, celui où elle rencontre les limites de la biosphère. Jusqu'alors, quels que fussent les actes humains, la nature demeurait, disponible, illimitée, impavide. Avec la puissance technologique acquise par l'homme, constate le philosophe Hans Jonas, « un objet d'un type entièrement nouveau, rien de moins que la biosphère entière de la planète, s'est ajouté à ce pour quoi nous devons être responsables parce que nous avons pouvoir sur lui. Et un objet de taille bouleversante, en comparaison duquel tous les objets antérieurs de l'agir humain ressemblent à des nains ! »

Dès lors, la politique n'est plus le jeu éternel du pouvoir et de la liberté, du désir et de la justice, de la vanité et de l'entraide, elle devient la bataille entre l'impératif de ménager ce qui permet à la cité de fleurir et la folie d'une compulsion indifférente à tout ce qui n'est pas elle.

La poursuite de l'expansion de la consommation matérielle dérègle les équilibres si étonnamment agencés qui singularisent notre planète dans l'univers connu, et qui ont permis l'essor de l'aventure humaine. Qu'il s'agisse du changement climatique, de l'érosion rapide de la biodiversité, de l'intoxication de nombreux écosystèmes, tous les aspects du drame qui se joue sont suffisamment documentés pour qu'on ne puisse plus douter de sa conclusion si l'écriture n'en était pas modifiée. « Effondrement total et inéluctable de notre civilisation au cours du prochain siècle », s'alarmait en 1973 René Dumont. « Pour la première fois dans l'histoire, nous courons le risque d'un déclin mondial », s'insurge en 2005 Jared Diamond.

En trente ans, le rythme de la destruction s'est accéléré, et ce qui paraissait relever d'un catastrophisme de marginaux forme le fond d'une conscience collective pessimiste. À l'anxiété économique de voir ses enfants destitués fait écho le souci de l'état de la biosphère laissée aux générations futures. Ce mouvement des idées traduit un renversement radical de la perspective historique : alors que l'émancipation des Lumières trouvait son énergie dans la promesse d'un avenir meilleur – « Le bonheur est une idée neuve en Europe », résume Saint-Just en 1794 –, l'aube du troisième millénaire ne projette qu'une clarté incertaine sur un monde où l'objectif devient de ne pas le détruire.

Lentement, nous redécouvrons que l'histoire est grave.

La croissance impossible

Si l'on écoute les innombrables trompettes des porte-parole de l'oligarchie, la priorité est à la relance, à la reprise, à la croissance de la production. Oubliée l'écologie dont on ne pouvait plus taire l'importance, ignorée l'inégalité, évacué le fossé Nord-Sud ; ce qu'il faut, c'est la croissance. Et quand tout sera redevenu comme avant, et que l'on consentira à s'intéresser à « l'environnement », la technologie sera là pour résoudre les problèmes. D'ailleurs, elle soutiendra la croissance et l'éternel développement sera durable. N'est-ce pas merveilleux ?

L'autre discours est celui que n'ont tenacement cessé de tenir et d'approfondir les écologistes depuis quarante ans : un monde peuplé de 9 milliards d'habitants qui seraient tous au niveau de richesse occidental est écologiquement insupportable.

Pour démontrer à nouveau cette assertion, il est indispensable de recourir à quelques calculs. Le revenu national brut (RNB, que l'on appellera par la suite « revenu ») de chaque Européen était en 2010 de 34 000 dollars. Si la croissance annuelle à venir atteignait 2 %, leur revenu serait en 2050 de 75 000 dollars.

Ne serait-il pas normal que tous les habitants de la planète connaissent la même prospérité ? Un argument moral s'y oppose-t-il ? Non. Alors, pour que les 9 milliards d'habitants que comptera vraisemblablement la planète en 2050 jouissent du sort européen, il faudrait que l'économie mondiale, qui pesait 63 000 milliards (ou 63 billions) de dollars en 2010, atteigne 675 billions de dollars, soit onze fois plus. Onze fois ! C'est énorme, démesuré, écologiquement impossible.

Si impossible que nous allons raisonner selon une autre hypothèse. Prêts à nous faire vouer aux gémonies par les médias oligarchiques et par la gauche productiviste, posons que le pouvoir d'achat des Européens ne va plus augmenter. Ni en 2013, ni en 2014, ni en 2015 – *nada* jusqu'en 2050. Le revenu moyen reste au niveau de 2010, soit de l'ordre de 34 000 dollars. Que faudrait-il alors pour que tous nos frères et sœurs humains rejoignent en 2050 ce qui paraissait normal aux Européens en 2010 ? Que l'économie mondiale atteigne 306 billions de dollars, c'est-à-dire qu'elle pèse cinq fois plus qu'aujourd'hui. Cinq fois ! Les océans, l'atmosphère, les forêts, les ressources pétrolières et minérales supporteraient-ils une pression matérielle cinq fois supérieure à celle d'aujourd'hui ?

Attardons-nous sur l'idée de multiplier par cinq en quarante ans le poids de l'économie mondiale, ce qui représente un taux annuel de croissance de 4 %. Cet objectif repose, on l'a vu, sur deux choix politiques peu communs : celui de ne plus augmenter le revenu des Européens, et celui de viser l'égalité mondiale du revenu moyen. Comment multiplier par cinq l'économie mondiale sans altérer davantage la biosphère ? La réponse du discours dominant – si par aventure on parvient à le conduire dans cette discussion – est de s'en remettre au progrès technologique.

Cette assertion est-elle réaliste ? Pour l'analyser, utilisons un indicateur limité mais pratique de l'impact écologique, les émissions de gaz carbonique : un impact écologique stable signifiera alors que les émissions de gaz carbonique n'augmentent pas. Si le PIB augmente de 4 % par an, cela implique que les émissions générées par chaque unité de PIB doivent diminuer de 4 % par an. La technologie peut-elle réaliser cette performance ?

Observons ce qui s'est passé entre 1971 et 2007, une période qui a connu un très vif progrès technique, et dont la durée équivaut à celle qui nous sépare de 2050. Durant cette période, les émissions par unité de PIB ont baissé dans les pays de l'OCDE d'environ 2 % par an, soit deux fois moins vite que les 4 % qui seraient nécessaires si l'on ne comptait que sur la technologie pour éviter une crise écologique insupportable. Or le progrès a été près de deux fois plus rapide dans les pays de l'OCDE qu'au niveau mondial. Généraliser au niveau mondial cette baisse de 2 % par an des émissions par unité de PIB serait donc déjà une belle réussite.

4 moins 2 égale 2. Où trouver ces 2 % supplémentaires de baisse des émissions ? Dans la baisse de la population ? La croissance démographique mondiale se ralentit, et même si des pays encore très prolifiques sont susceptibles de décélérer rapidement, il paraît peu probable que le nombre d'humains soit très inférieur à 9 milliards en 2050, sauf épidémie ou catastrophe, qu'il s'agit justement d'éviter. Quel autre levier de contrôle ? Le revenu. On peut refuser l'hypothèse que la population mondiale rejoigne le niveau de vie européen. Mais il faut le dire – et le justifier. À ma connaissance, aucun économiste ou responsable politique ne s'y aventure. Au contraire, dans l'harmonie universelle promise par le capitalisme, tout le monde est censé se retrouver avec l'attirail complet de l'Occidental moyen.

Résultat : si l'on ne remet pas en cause ce haut niveau de revenu, viser une croissance mondiale de 4 % par an implique une augmentation annuelle de 2 % des émissions de gaz à effet de serre. Même en acceptant la stagnation du revenu des Occidentaux, même en tablant sur un progrès technique soutenu, la poursuite de l'enrichissement mondial se traduit par un impact écologique massivement aggravé et vraisemblablement insupportable.

Alors ?

Pour avancer dans la résolution de l'énigme, nous allons recourir à une équation simple. Elle est née d'une controverse au début des années 1970 entre Paul Erlich et Barry Commoner. Suivons l'économiste Tim Jackson dans sa présentation moderne de l'épatante équation IPAT. Dans ce raisonnement, l'impact écologique de l'activité humaine (noté I) est égal au produit de trois facteurs : la taille de la population (P), l'abondance matérielle, représentée par le revenu par personne (A), et la technologie (T).

Soit : IPAT : I = P x A x T

Pour simplifier, on va de nouveau représenter l'impact écologique par les émissions de gaz carbonique, tandis que le facteur technologique sera représenté par l'intensité en carbone, c'est-à-dire la quantité d'émissions nécessaires pour produire une valeur de 1 dollar.

En 2010, 33 milliards de tonnes de CO_2 étaient émises par une population mondiale de 6,84 milliards d'humains. La part (théorique) de chacun en RNB (revenu national brut) était cette année de 9 136 dollars, tandis que l'intensité en carbone était de 530 g de gaz carbonique par dollar.

Soit : 33 (milliards de tonnes de CO_2) = 6,84 x 9,1 x 0,53.

Qu'en sera-t-il en 2050 ? Si la technologie continue à progresser au rythme qu'elle a connu dans les pays de l'OCDE depuis 1971, T sera égal à 0,22. En ce qui concerne la démographie, les projections de la Division de la population de l'ONU estiment que la population mondiale atteindra 9 milliards d'habitants en 2050. Si l'on conserve le même niveau global d'émissions, l'équation se pose donc ainsi pour 2050 : 33 = 9 x 16,7 x 0,22.

On constate que le revenu moyen par habitant augmente : il passe de 9 136 dollars en 2010 à 16 700 dollars en 2050. Cela reste encore près de moitié moins que le niveau européen de 2010. On raisonne bien sûr en monnaie constante, c'est-à-dire corrigée de l'inflation.

Problème : ce volume d'émissions de 33 milliards de tonnes de gaz carbonique est beaucoup trop élevé. Si l'on veut limiter le réchauffement de la température moyenne du globe à 2 °C par rapport à l'époque préindustrielle, les scénarios du GIEC (Groupe d'experts intergouvernemental sur l'évolution du climat) indiquent qu'il faudrait réduire les émissions de gaz à effet de serre à la moitié du niveau de 2000, soit, en ce qui concerne le gaz carbonique, à moins de 15 milliards de tonnes.

Posons l'équation IPAT correspondant à la situation souhaitable en 2050 :

15 = 9 x A x 0,22.

Quelle est alors la valeur du revenu moyen ? A est égal à… 7,6.

Cela signifie que le revenu moyen des 9 milliards d'habitants de 2050 dans une économie mondiale ayant réduit ses émissions au niveau nécessaire pour limiter le réchauffement climatique tout en ayant mis en œuvre d'importants progrès techniques est de 7 600 dollars. C'est moins qu'aujourd'hui.

Stupéfiant, n'est-ce pas ?

Reprenons. On ne peut guère influencer le niveau de la population. On intègre un progrès technique continu. Sur quoi peut-on jouer pour parvenir au but souhaité, à savoir une diminution de l'impact écologique global ?

Sur une baisse du revenu des plus riches pour s'ajuster au revenu mondial moyen.

Si l'on n'accepte pas cette conclusion, il y a deux solutions. La première est de refuser la réduction de l'inégalité mondiale. Il reste à la faire accepter aux Chinois, aux Indiens, aux Brésiliens, et autres peuples qui ont le même droit que les Occidentaux aux ressources de la biosphère.

L'autre solution est d'ignorer la question écologique, en refusant de réduire fortement le niveau d'émissions, et en fait, en rejetant la logique même de l'exercice. C'est l'objet du climato-scepticisme, animé par divers lobbies pétroliers aux États-Unis, qui ont nourri depuis de longues années une campagne soutenue de déni des résultats de la climatologie. Cette campagne a atteint son paroxysme durant l'hiver 2009-2010. Les techniques de manipulation et de confusion utilisées ont été bien documentées par James Hoggan, Naomi Oreskes et Erik Conway, ou Greenpeace. Elles ont connu un succès incontestable, relayées par des médias trop heureux de pouvoir croire qu'au fond, toute cette affaire d'écologie n'est qu'une calembredaine.

Cette détestable péripétie ne change rien, hélas, au fond du problème. La crise écologique, dont le changement climatique n'est que le volet le plus massif et le plus visible, se dresse comme une incontournable forteresse sur le chemin de l'humanité. La justice est la clé qui permettra de l'ouvrir pour la franchir.

La fin de l'exception occidentale

« Un des conflits les plus terribles de l'histoire humaine a été l'ultime guerre de religion, qu'on a appelée la guerre de Trente Ans, et qui a ensanglanté tout le centre de l'Europe. Quand elle s'acheva, un principe fut inventé pour en finir de ces carnages », me raconte

Pierre Radanne, un expert en politique énergétique. « Inscrit dans le traité de Westphalie en 1648, ce principe était celui de la souveraineté nationale. Un peuple avait la même religion que son roi, et un roi ne pouvait pas faire la guerre à son voisin au motif de sa religion. Cette tentative de pacification des relations humaines a reconnu les États-nations et a posé des limites aux ingérences d'un pays dans un autre. Le principe de la souveraineté nationale a été au fondement de l'Organisation des Nations unies en 1945. »

« Mais aujourd'hui, poursuit Radanne, le changement climatique pose un problème spécifique : le climat est indivisible. Il n'y a pas un climat séparé pour chaque pays. Le climat ignore les frontières, c'est un objet unique, global, planétaire, insécable. Et donc, la souveraineté nationale ne peut pas résoudre la question du changement climatique. Le climat d'un pays va dépendre de ce que vont faire tous les autres pays. » Ou nous répondons ensemble à la crise écologique, ou nous en pâtissons tous.

Depuis une trentaine d'années, un grand nombre de pays du Sud ont émergé économiquement. Avec la Chine et l'Inde au premier rang, ils ont connu une croissance très rapide. Cela donne à l'ensemble de ces pays émergents un poids bientôt dominant dans l'économie mondiale : près de 50 % en 2010, selon l'OCDE. Cet essor a fait reculer d'un quart en vingt ans le nombre de personnes vivant avec moins d'un dollar par jour. Mais un milliard et demi d'humains sont encore dans ce dénuement, tandis que le revenu moyen des pays du Sud de la planète reste très en deçà de celui des pays riches. Par exemple, en 2009, le PIB par habitant en Chine est de l'ordre de 6 500 dollars contre 32 000 au Japon, en Inde de 3 000 contre 38 000 au Canada, en Algérie de 7 000 contre 32 000 en France, en Bolivie de 4 500 contre 46 000 aux États-Unis. Or, la crise écologique, qui s'aggrave d'autant plus vite que la croissance de ces pays est intense, constitue un mur dressé sur leur route. Leur essor va se poursuivre mais l'éventualité qu'ils rejoignent le niveau actuel de prospérité des habitants du Nord est très improbable. Cette inégalité ne paraît pas justifiable sur le plan moral. Elle est d'autant plus mal acceptée qu'à travers la généralisation de la télévision, les pauvres aperçoivent l'opulence du Nord et rêvent d'y goûter.

Ce qui est en jeu, en réalité, c'est la fin progressive de l'exception occidentale. La révolution industrielle démarrée en Europe, puis élargie aux États-Unis et au Japon, a ouvert une parenthèse durant laquelle les pays occidentaux se sont écartés sensiblement, en termes de richesse et de puissance, du reste du monde. Cet écart a atteint son apogée au début du XXIe siècle lorsque, par exemple, le revenu moyen d'un habitant des États-Unis a atteint 42 fois celui d'un Éthiopien.

Mais la banalité de cette situation depuis quelques générations nous fait oublier qu'elle est très anormale au regard du temps long de l'histoire. Si l'on ne s'intéresse qu'aux conditions matérielles d'existence, on peut assurer que jusqu'au XVIIIe siècle, les paysans de France ou de Chine, ceux d'Italie ou d'Inde, vivaient dans une misère tout à fait comparable, et leurs aristocrates respectifs dans un luxe semblable. L'étude en a été faite précisément par l'historien Kenneth Pomeranz : comparant l'Angleterre et la région chinoise du bas Yangzi (en amont de Shanghai), il a constaté des ressemblances très fortes en ce qui concerne la densité de population, l'espérance de vie ou le niveau de vie. S'il avait alors existé un service statistique mondial, nul doute qu'il n'aurait pas recensé de différence notable dans le niveau de vie moyen des différentes populations de la planète.

Nous commençons à vivre le resserrement de l'écart extraordinaire des richesses qu'a creusé le monde depuis deux siècles.

Ce resserrement ne pourra pas se faire seulement par un relèvement du bas. En raison des limites écologiques, tous les habitants de la planète ne pourront pas vivre comme un États-Unien, ni comme un Européen ou un Japonais, d'ailleurs. La réduction de l'écart des richesses devra s'opérer par un abaissement important du haut. La politique de la biosphère indique une direction à contre-courant de tout le discours dominant : les Occidentaux doivent réduire leur consommation matérielle et leur consommation d'énergie, afin de laisser une marge d'augmentation à leurs autres compagnons de planète. L'appauvrissement matériel est le nouvel horizon de la politique occidentale. L'appauvrissement matériel des Occidentaux est le nouvel horizon de la politique mondiale.

Les trois scénarios

Ainsi se dessine le cadre des choix politiques qui se présentent aux sociétés occidentales. On pourrait le décrire sous forme de trois scénarios : oligarchique, de gauche productiviste, écologiste. Les deux premiers scénarios sont croissancistes, c'est-à-dire adhèrent à l'idéologie selon laquelle la croissance économique améliore la situation générale.

– Dans le scénario oligarchique, la classe dirigeante refuse la logique de la situation, et continue de proclamer la nécessité d'augmenter l'abondance matérielle par la croissance du PIB. Malgré un effort d'amélioration de l'efficacité énergétique – qui sera nécessaire dans tous les scénarios –, cette politique entraîne l'aggravation de la crise écologique et l'augmentation des prix de l'énergie, d'où un blocage de la croissance entraînant des frustrations d'autant plus grandes qu'une très forte inégalité perdure. Ces frustrations suscitent une montée des tensions sociales que l'oligarchie tente de détourner en stigmatisant les immigrants et les délinquants. Elle renforce l'appareil policier, ce qui lui permet au passage de réprimer les mouvements sociaux. De surcroît, la compétition mondiale pour les ressources et la dispute quant à la responsabilité de la crise planétaire enveniment les relations internationales, ce qui alimente le moulin sécuritaire et nationaliste. Le régime oligarchique, au départ encore respectueux des formes extérieures de la démocratie, les abolit progressivement.

– Dans le scénario de gauche croissanciste, les dirigeants s'obstinent à chercher la croissance du revenu moyen, en corrigeant cependant l'inégalité sociale, à la marge pour ne pas heurter les « élites économiques ». Les tensions intérieures aux pays occidentaux sont certes moins fortes que dans le scénario oligarchique, mais le poids de la crise écologique et les tensions internationales restent tout aussi accablantes, générant rapidement les mêmes effets de frustration et de conflit. L'oligarchie, ou sa fraction la plus réactionnaire, harcèle les dirigeants en s'appuyant sur l'extrême-droite. Il faut alors choisir, si cela est encore possible, de rompre franchement avec le croissancisme, ou être entraîné dans la débâcle.

– Dans le scénario écologiste, les dirigeants convainquent les citoyens que la crise écologique détermine l'avenir proche. Remettant explicitement en cause la démesure de la consommation matérielle, la politique économique réoriente une part de l'activité collective vers les occupations à moindre impact écologique et à plus grande utilité sociale – l'agriculture, l'éducation, la maîtrise de l'énergie, la santé, la culture… La création d'emplois ainsi permise rend populaire cette politique, permettant d'engager ouvertement la lutte contre les privilèges de l'oligarchie : le système financier est socialisé et les inégalités sont drastiquement réduites. Cela rend possible la transformation du modèle culturel de prestige que définissent les plus aisés. De plus, la réduction des inégalités atteste que le mouvement vers la moindre consommation matérielle est partagé par tous, ce qui le rend supportable. Enfin, elle signifie que la société reprend la part de la richesse collective que s'est appropriée l'oligarchie depuis les années 1980 – près de 10 % du PIB. Ces ressources servent à améliorer le niveau de vie des plus pauvres et à investir dans les nouvelles activités écologiques et sociales. Sur le plan international, les relations sont pacifiées, parce qu'il est aisé de plaider pour une orientation écologique des politiques. La confiance mutuelle l'emporte, les dépenses militaires reculent, la crise écologique est évitée, les jeunes générations peuvent prendre en main le monde nouveau.

Ce tableau appelle plusieurs remarques. Sur le fond, il signifie qu'il nous faut reconquérir la démocratie dans un contexte mental radicalement différent de celui dans lequel elle s'est développée. Durant les XIXe et XXe siècles, elle a grandi et convaincu parce qu'elle était une promesse d'amélioration du sort du plus grand nombre, promesse qu'elle a accomplie, en association avec le capitalisme. Aujourd'hui, le capitalisme délaisse la démocratie, et il nous faut la revigorer en annonçant un bien-être, un « bien vivre » fondamentalement autre que celui qu'il fait briller. Qui, d'abord, évitera la dégradation chaotique de la société. Qui, ensuite, ne sera plus fondé sur les séductions de l'objet, mais sur la modération illuminée par un lien social renouvelé. Il nous faut inventer une démocratie sans croissance.

« Non pas l'obéissance, mais l'adhésion »

Une objection va naturellement m'être ici opposée : par le vote, la majorité du peuple pourrait choisir de tenter de poursuivre la croissance matérielle, en espérant que le danger écologique est exagéré, que l'inégalité Nord-Sud restera longtemps supportable, et que le progrès technologique répondra à tout. Ce livre a répondu par avance à cette objection : nous ne sommes pas en démocratie, nous sommes précisément dans un régime qui n'en préserve les apparences que pour mieux la trahir.

Aux contradicteurs de démontrer que la démocratie est aujourd'hui vigoureuse, que les médias sont libres des intérêts financiers, que les politiques portent les intérêts du peuple et non ceux du capital, que les lobbies n'influencent pas en coulisse les décisions, que la publicité ne conditionne pas la culture collective…

Gageons en revanche que les citoyens libres parviennent à changer les termes du débat, qu'aidés de la réalité des faits qui plaide si vigoureusement dès qu'elle est dévoilée, ils réveillent leurs concitoyens du conditionnement, qu'un débat équitable et informé soit mené hors du joug de l'oligarchie. Alors, le choix populaire pourrait surprendre les présupposés de ceux qui le méprisent habituellement.

Imaginons cependant que, librement, le peuple choisisse une autre voie que celle proposée par les écologistes. Eh bien ! En démocrates, on s'inclinerait, bien sûr ! Et l'on continuerait à réfléchir, à plaider, à convaincre, car la démocratie ne se résume pas au temps de l'élection. On s'en remettrait au déroulement des événements pour justifier la proposition en espérant que la sagesse collective finira par éviter le pire, si cela est alors possible.

Mais revenons à une perspective plus optimiste. « La granulométrie des actions de lutte contre le changement climatique est extraordinairement fine, explique Pierre Radanne. La moitié des émissions de gaz à effet de serre des pays sont dues aux individus dans leur vie privée, par leurs choix de chauffage, d'alimentation, de transport, de consommation. Donc, la question climatique n'est soluble que par un bond démocratique. Elle est la première question politique totale de l'histoire humaine. Elle exige, non pas la soumission, non pas l'obéissance, mais l'adhésion de chacun d'entre nous pour faire évoluer ses comportements. Les changements sont d'une telle ampleur qu'ils ne peuvent pas être réalisés sans une nouvelle culture. Et à l'autre bout, il va falloir gérer la planète tous ensemble, donc construire cette gouvernance mondiale. L'affaire climatique, dans le monde divisé d'aujourd'hui, est pacifiante. Elle nous oblige à une gestion commune de la planète, elle nous oblige à converger. »

7

La vertu de la démocratie

C'était à New Delhi, lors du congrès de la Fédération internationale des journalistes d'environnement, fin 2009. Entre des débats sur le climat, l'énergie, la biodiversité, nous conversions. Samom Sobhapati, un confrère de Manipur, petit État au nord-est de la Fédération indienne, à la frontière de la Birmanie, me parla de son pays. « Ça me fait du bien d'être à Delhi, tu sais, ça me repose. Manipur est un très beau pays, le ciel est toujours bleu, et… on est très bons en football, beaucoup de joueurs des meilleures équipes indiennes viennent de Manipur. Mais nous subissons la loi militaire depuis tant d'années… Il y a 50 000 soldats pour 2,5 millions d'habitants. C'est dû à ce que depuis longtemps, un mouvement insurrectionnel demande l'indépendance ; auparavant, Manipur était une principauté autonome. La situation politique est très dure. »

Dix ans sans manger

Quelques jours plus tard, j'allais m'entretenir avec Arundhati Roy, auteur du best-seller mondial *Le Dieu des petits riens*. Roy appartient à une espèce qui semble avoir disparu en Occident : celle de l'écrivain engagé. Après deux heures de discussion, elle me proposa de l'accompagner à un meeting de soutien aux victimes de la répression militaire au Manipur. Le rassemblement avait lieu à l'université de New Delhi, en plein air, devant la Faculté des arts. Une centaine de personnes se trouvaient réunies sous quelques banderoles, dont l'une portait un message d'une portée universelle : « Un monde différent ne peut pas être construit par des personnes indifférentes. »

La réunion avait pour but de protester contre la violente répression qui se poursuit depuis des années au Manipur. Une grande pancarte montrait la photo d'une jeune femme, Irom Sharmila. Peu de personnes sont aussi courageuses qu'Irom Sharmila. Le 2 novembre 2000, au Manipur, l'armée avait tué dix civils innocents en les mitraillant à un arrêt d'autobus, en réponse à une attaque des insurgés qui s'était produite la veille. Le 4 novembre, pour protester contre cet acte, Sharmila, qui avait alors 28 ans, commença une grève de la faim illimitée. Elle déclara qu'elle ne l'arrêterait que quand la loi sur l'état d'urgence (AFSPA, *Armed forces special powers act*), imposée à Manipur depuis 1958, serait levée. Aussi incroyable que cela paraisse, Irom Sharmila n'a pas mangé un grain de riz ou bu un verre d'eau depuis 2000. Mise en état d'arrestation pour tentative de suicide – une infraction punie par le code pénal indien –, elle est alimentée de force depuis dix ans au moyen d'un tuyau installé dans sa narine. Chaque fois qu'elle a été relâchée de l'hôpital où les autorités la retiennent, Irom Sharmila a arraché le tube et recommencé sa grève ; aussitôt, la police l'a replacée en alimentation forcée.

L'armée poursuit la répression à coups d'arrestations illégales, d'assassinats « extra-judiciaires », de tortures, de viols sans pour autant éradiquer l'insurrection. Près de 20 000 personnes pourraient avoir été victimes de ces violences depuis cinquante ans, selon l'organisation Human Rights Watch. En 2009, les associations de droits de l'homme ont encore recensé 444 nouvelles victimes des militaires.

En Inde, ce drame n'est pas isolé. Dans le nord-ouest du pays, au Cachemire, l'État maintient depuis des décennies une présence militaire violente, laissant de côté le respect des droits de l'homme. Et dans les États de l'Est, en Orissa, au Bengale-Occidental, au Chhattisgarh, une rébellion maoïste, appelée « naxalite », née dans les années 1970, est implantée et ne cesse de gagner du terrain, déstabilisant un tiers du territoire de l'Union indienne. En 2006, le Premier ministre Manmohan Singh déclarait que « le naxalisme était le plus important défi de sécurité interne jamais rencontré par notre pays », une inquiétude qu'il a de nouveau formulée lors de la fête de l'indépendance en août 2010. Derrière l'Inde à la forte croissance et aux brillants informaticiens que célèbre la presse occidentale, il y a un pays déchiré, où une rébellion populaire qui semble dater d'un autre âge tient l'État en échec.

Selon Arundhati Roy, le virus de la violence militaire n'infecte pas seulement les régions troublées : c'est l'ensemble du pays qui serait en proie à un fascisme rampant. « Après la chute du mur de Berlin, l'Inde s'est alignée sur les États-Unis, me dit-elle. Au même moment, ceux-ci sont passés presque instantanément du soutien à l'islam – pour contrer l'Union soviétique – à la démonisation des mouvements musulmans, présentés comme terroristes. Cela a permis au parti nationaliste hindou, le BJP, de prendre son essor sur le thème de la fierté hindoue. » L'ouverture de l'économie avec la libéralisation des échanges n'a pas contrarié cette tendance, au contraire : « Comme dans l'Allemagne nazie, le fascisme est associé à la régénération économique. Les grandes compagnies soutiennent les leaders du BJP parce qu'ils privatisent le secteur public et leur donnent les terres prises aux paysans. »

De fait, les conflits entre communautés paysannes et grandes entreprises sont incessants, surtout dans l'est du pays, là où les naxalites soutiennent les paysans contre les industries qui veulent édifier, avec l'appui de l'État, d'immenses complexes industriels sur la terre agricole, ou contre les entreprises minières qui veulent exploiter les minerais au milieu des forêts. Comme l'a reconnu le Premier ministre le 18 juin 2009 devant le Parlement, « l'extrémisme de gauche prospère dans les régions qui ont des ressources naturelles ». En Orissa, la tribu des Dongria Kondh se bat ainsi contre un projet d'exploitation de la bauxite qui défigurerait les collines où elle vit depuis des générations. Dans le district de Jagatsinghpur, les communautés paysannes refusent d'abandonner 1 600 hectares à un complexe sidérurgique de la compagnie coréenne Posco – des affrontements entre police et opposants ont fait une centaine de blessés en mai 2010. En Orissa et au Jharkhand, ArcelorMittal tente d'implanter des aciéries, suscitant l'opposition des aborigènes et des paysans. Dans le Maharashtra, NPCIL, société indienne d'électricité nucléaire, ne parvient pas à acquérir un millier d'hectares pour construire des réacteurs d'Areva.

Derrière ces conflits se joue la lutte entre le modèle productiviste, qui veut reproduire la révolution industrielle occidentale sans prendre en compte la contrainte écologique, et un autre mode de développement, qui intégrerait pleinement la paysannerie, non comme une survivance du passé, mais comme un agent essentiel de production et de respect de l'environnement.

Un milliard qui pèse

C'est au cœur même des institutions politiques que la dégénérescence de la démocratie serait engagée, selon Arundhati Roy : « La majorité des députés sont millionnaires. Vous ne pouvez gagner que si vous êtes appuyé par les grandes compagnies. Savez-vous que la campagne électorale en Inde a coûté plus cher que la présidentielle aux États-Unis ? » Quant aux contre-pouvoirs, tels que la Cour suprême ou les médias, ils seraient pour l'essentiel passés aux mains des élites américanisées. « Toutes les institutions de la démocratie ont été vidées de leur sens et travaillent ensemble au bénéfice des élites », affirme-t-elle. « Il y a une infiltration de tous les instruments de l'État, une érosion des libertés publiques, des injustices quotidiennes mais peu spectaculaires. » Quand on lui fait valoir qu'elle est libre de s'exprimer, d'écrire et de parler, elle répond : « Ce n'est pas ça, la démocratie. La démocratie, c'est le gouvernement du peuple et pour le peuple. »

Dans ces conditions, y a-t-il un espoir ? « Il y a une chose très positive en Inde : les gens sont exceptionnellement conscients de ce qui se passe. Les élites et les médias, non. Mais, sur le terrain, les gens savent. »

Le tableau que trace Arundhati Roy de l'Inde semble valoir pour nombre de pays du Sud. En Chine, notamment, la liberté d'expression et la possibilité de manifester en moins, la classe dirigeante pousse au maximum les feux de la croissance, au prix d'une inégalité massive, d'une crise écologique géante, et d'une répression violente des rébellions. « La couche bureaucratique qui dirige le pays depuis plus de cinquante ans s'est muée partiellement en une couche affairiste et ploutocratique », écrit le sinologue Jean-Luc Domenach.

En fait, les pays du Sud sont beaucoup moins homogènes que l'image qu'en donnent des médias fascinés par les performances économiques : ils vivent des conflits majeurs, portant sur la répartition de la richesse produite, dont profite bien plus que proportionnellement une oligarchie avide, et sur un mode de développement qui néglige la question agricole et de l'environnement. On y retrouve fréquemment l'opposition entre une classe dirigeante, qui s'appuie sur les classes urbaines dont le niveau de vie augmente, et les paysans, les prolétaires et les habitants des bidonvilles. De plus, les oligarchies de presque tous les pays du monde se conduisent solidairement : elles forment une classe transfrontières partageant une idéologie et des intérêts communs.

Quelle ligne de fracture caractérise le monde actuel ? Celle qui oppose le « Nord » et le « Sud », ou bien le fossé qui sépare l'oligarchie mondiale des peuples sujets ? Pour répondre à cette question, il est utile de s'intéresser à l'impact écologique des individus selon leur niveau de revenu, en étudiant un indicateur de cet impact, les émissions de gaz à effet de serre. Ainsi, en France, l'INSEE constate que les 20 % des ménages les plus aisés émettent 9,7 tonnes de CO_2 par personne et par an, contre 3,6 tonnes pour les 20 % les plus pauvres – la moyenne nationale étant de 6,4 tonnes par habitant. De son côté, Greenpeace India a réalisé en 2008 une étude de ce type dans son pays : alors que les émissions moyennes y sont de 1,67 tonne par Indien, le niveau est de 5 tonnes pour les 10 millions de personnes constituant le 1 % de la population le plus riche. Quant aux 38 % des Indiens les plus pauvres, ils sont la source d'1,1 tonne par habitant.

Ces chiffres – qui mériteraient des études plus larges et plus approfondies – confirment qu'il ne faut pas considérer les pays du Sud comme un bloc. Dans les pays dits émergents, les classes moyennes et riches jouissent d'un niveau de vie qui induit un impact écologique aussi conséquent que le mode de vie occidental. L'inégalité mondiale reste bien sûr un phénomène essentiel au regard du rééquilibrage entre les parties du monde qu'impose la contrainte écologique. Mais elle recouvre une inégalité majeure au sein de toutes les sociétés. Le rééquilibrage ne pourra se réaliser que si l'inégalité est corrigée dans chaque pays. Pour résumer l'enjeu de façon lapidaire, l'employé européen n'acceptera pas une réduction de son niveau de vie si cela profite aux millionnaires chinois.

Des chercheurs américains ont esquissé les conséquences d'un tel raisonnement. Pour prévenir la crise climatique, rappellent Shoibal Chakravarty et ses collègues, les émissions de CO_2 ne doivent pas dépasser 30 milliards de tonnes en 2030 (ce qui est un niveau déjà trop élevé). Sachant que nous devrions être 8,1 milliards d'humains en 2030, et en admettant un certain degré d'inégalité, les calculs fixent à 10,8 tonnes par individu le plafond maximal (et non pas moyen) qui permettrait à l'humanité de rester dans l'enveloppe de 30 milliards de tonnes. Les chercheurs ont alors rangé les volumes d'émissions non point par pays, mais sur une échelle individuelle, afin de savoir combien de personnes émettaient une quantité donnée de gaz carbonique. Il en ressort qu'un milliard d'humains sont au-dessus du plafond acceptable de 10 tonnes. Pour ne pas dépasser l'enveloppe globale, il faut éliminer toutes les émissions qui dépassent ce plafond.

La majorité d'entre eux vivent aux États-Unis, au Japon ou en Europe, mais une partie qui n'est plus négligeable se trouve aussi en Chine, en Inde et dans d'autres États du Sud. Ce ne sont pas seulement le Nord et le Sud qui sont en cause mais bien, partout, les couches riches et les masses populaires.

Pour résoudre le défi écologique et éviter le repli nationaliste auquel conduirait une approche pays par pays ou bloc contre bloc, il est vital de susciter les solidarités internationales entre peuples pour imposer, partout, la réduction des inégalités. Cela signifie que l'enjeu démocratique est planétaire : les droits de l'homme, la liberté du débat public, la participation de tous aux décisions ne sont pas des valeurs occidentales, mais les moyens par lesquels les peuples s'émancipent de leurs oppresseurs.

Si tu veux l'obéissance, prépare la guerre

C'est une scène de la vie parisienne : dans les gares, des soldats en treillis de combat déambulent, une mitraillette au poing. La France serait-elle en guerre ? Officiellement, ces patrouilles font partie du « plan Vigipirate », supposé protéger le pays du terrorisme, et en vigueur depuis de longues années. La fonction dissuasive d'une telle démonstration, qui est strictement nulle en ce qui concerne les terroristes, dissimule son but véritable : habituer les citadins à la banalité d'une présence militaire normalement réservée aux dictatures. Le plus surprenant est que, chez les vaniteux Gaulois qui s'enorgueillissent encore parfois d'être la « patrie des droits de l'homme », l'affront que constitue cette exhibition ne suscite qu'indifférence. On mesure à cette passivité le degré atteint par la dégénérescence de l'esprit démocratique.

« En France, observe l'éditeur Éric Hazan, l'oligarchie régnante a fait voter par des parlements librement élus une série de lois qui s'empilent depuis plus de vingt ans pour former un millefeuille répressif comme on n'en avait pas vu depuis le Second Empire. » « L'objectif véritable en France n'est pas la sécurité, mais d'habituer le citoyen à être surveillé », constate le président de la Ligue des droits de l'homme, Jean-Pierre Dubois. Depuis 2002, date à laquelle le leader d'extrême-droite Jean-Marie Le Pen surgit au deuxième tour de l'élection présidentielle, la droite au pouvoir n'a cessé de renforcer l'arsenal « sécuritaire ». « Une bonne moitié du programme présidentiel de Jean-Marie Le Pen en 2002 est depuis passée au *Journal officiel* », estime Jean-Pierre Dubois : généralisation de la vidéosurveillance, multiplication des fichiers informatiques, criminalisation des migrants, fichage ADN, extension des pouvoirs de la police, chasse aux étrangers sans-papiers et aux Roms, asservissement de la justice, privatisation des prisons.

Cependant, si la France de M. Sarkozy est en pointe dans cette entreprise, elle ne mène que d'une courte tête sur ses voisins occidentaux, qui rivalisent pour faire reculer par les mêmes moyens les libertés publiques. Il est déconcertant de voir avec quelle facilité les démocraties apparemment les plus sereines adoptent des lois d'exception. Ainsi le Parlement danois a-t-il voté en novembre 2009 une loi étendant le pouvoir de la police lors de la Conférence sur le climat de Copenhague en décembre suivant. Les forces de l'ordre pouvaient arrêter quiconque au motif de « menace à l'ordre public », la durée de la garde à vue étant étendue, tandis que le traité de Schengen était suspendu pour interdire l'accès du pays aux personnes suspectes. Plus de 1 000 manifestants ont ainsi été arrêtés en diverses occasions, et enfermés dans un camp spécial établi pour la durée de la conférence. De nombreux témoignages attestent que les arrestations ont été menées de manière arbitraire.

Par exemple, un membre du Mouvement pour une alternative non violente, Nicolas Haeringer, est saisi par des hommes en civil, le 16 décembre, en marge d'une manifestation autorisée dont il est l'un des organisateurs. Il est ensuite conduit, en voiture banalisée, puis en fourgon, vers le centre de rétention où des centaines d'autres jeunes sont retenus dans des cages. Il sera relâché après quelques heures. La procédure de son interpellation, telle qu'il l'a racontée, est frappante : elle est semblable à une arrestation se déroulant sous la dictature argentine et décrite dans le film *Buenos Aires 1977*, d'Adrian Caetano. Ici aussi, des hommes en civil interpellent un jeune et le font monter dans une voiture qui disparaît.

Dans un autre pays réputé pour le calme de ses mœurs politiques, le Canada, le glissement vers ces méthodes s'opère aussi aisément, ainsi qu'on l'a vu lors du G20 qui s'est tenu à Toronto en juin 2010. Là encore, les libertés civiles avaient été suspendues aux alentours de la conférence des chefs d'État. La police interpella plus de 900 manifestants. Un habitant de la métropole canadienne raconte : « Plusieurs des scènes qui se sont déroulées évoquaient des images associées aux dictatures. Des policiers en civil attrapaient des gens dans des manifestations pacifiques et les fourraient dans des camionnettes avant de disparaître. Des passants étaient arrêtés pour la seule raison qu'ils étaient au mauvais endroit au mauvais moment. Des policiers ont même surgi dans des maisons, pointant leurs fusils sur les gens. Des charges de police se sont produites sans avertissement sur des foules. » Des images diffusées sur Internet ont aussi montré des policiers en civil déguisés en manifestants pour jouer les agents provocateurs.

Les États ne radicalisent pas seulement leurs techniques policières, ils les militarisent, comme le montre l'introduction des drones (avions sans pilote) dans la surveillance civile, ou l'entraînement des militaires dans des environnements urbains, comme en France au CENZUB (Centre d'entraînement aux actions en zones urbaines, à Sissone, dans l'Aisne). Certains représentants de l'oligarchie ne se cachent presque plus de cette assimilation de la « sécurité » à une logique belliciste. En témoigne l'emploi répété du mot « guerre » par le président de la République française, Nicolas Sarkozy, comme l'a relevé *Le Canard enchaîné* : « guerre contre l'insécurité » le 27 juin 2002, « guerre » aux délinquants le 24 octobre 2002, « guerre aux trafiquants » le 14 avril 2003, « guerre » aux « trafics et trafiquants » le 8 février 2008, « guerre aux bandes violentes » le 18 mars 2009, « guerre contre le décrochage scolaire » (!) le 29 septembre 2009, « guerre sans merci contre la criminalité » le 26 mai 2010, « guerre aux trafiquants et aux délinquants » le 21 juillet 2010. Qui peut croire que l'esprit n'est pas dans les mots ?

« Nous ne sommes plus en présence d'un simple recul des libertés individuelles et collectives comme l'histoire en connut tant, écrit Michel Tubiana, de la Ligue des droits de l'homme. Nous vivons un renversement des valeurs. Ce qui est ici en cause, c'est un changement de définition de la sûreté républicaine : alors que les hommes de 1789 la définissaient par la capacité et les droits des citoyens à résister au pouvoir de l'État, la conception actuelle qui s'y substitue peu à peu est totalement inverse, puisque c'est la sécurité de l'État qui devient l'étalon de nos libertés. » L'État – présenté à des foules conditionnées comme le garant d'un mode de vie intrinsèquement légitime, et assurant leur protection contre les étrangers, les délinquants, les miséreux… Ne nous y trompons pas : l'oligarchie, ou du moins une large fraction d'entre elle, prépare un régime d'exception, face aux troubles sociaux et écologiques, intérieurs et extérieurs, que sa politique ne peut manquer d'entraîner.

« Nous apprenons les uns des autres »

Pourquoi serions-nous pessimistes ? La seule raison pour laquelle les citoyens perdent les batailles, c'est qu'ils ne mesurent pas la détermination et le cynisme de ceux à qui ils confient le pouvoir en les croyant soucieux du bien public. La tâche paraît immense face à la puissance qu'ont accumulée les oligarques. Mais elle commence par la lucidité : prendre la mesure des défis qui s'annoncent, et reconnaître l'impéritie des puissants qui nous rendent collectivement impuissants. On connaît la formule de La Boétie, l'ami de Montaigne, sur la « servitude volontaire » : nous sommes serfs parce que nous l'acceptons. Rien ne fait plus peur aux puissants que la liberté des peuples. Rappelez-vous la formule de

Lippmann, qui avait peur d'être « encorné par le troupeau des bêtes sauvages ».

Qu'attendons-nous pour être libres ? D'être libres ? C'est idiot. C'est l'inverse qui fait loi : commençons par nous libérer pour être libres. Ce qu'il reste de démocratie est suffisamment vivace pour nous permettre de refuser la servitude. Appelons un voleur, un voleur ; un corrompu, un corrompu ; un menteur, un menteur.

Je ne doute pas qu'arrivés presque au terme de ce livre certains lecteurs attendent des… solutions. Eh bien non ! La solution, c'est vous, c'est nous. Souvent, lors des conférences-débats que j'anime, on me demande : que faire ? Mais je ne sais pas ! Les faits, les idées, les analyses, ce qui peut éclairer les choix, oui, je le propose – voyez le scénario écologiste page 131. Mais ce qui détermine la décision de chacun d'être libre, de ne pas attendre de l'orateur qui lui parle et peut-être le convainc qu'il lui dise quoi faire, je l'ignore. Qu'est-ce qui fait que l'on décide d'être libre ou sujet ? Malgré toutes les circonstances extérieures, les contraintes, le conditionnement, c'est une étincelle que chacun reconnaît en soi ou laisse éteindre. Au « Que faire ? », je réponds : « Je m'en remets à la créativité de la société, à son inventivité, à son énergie. » S'il y a un esprit démocratique dans nos pays, qu'il se réveille. Que les savants, ceux qui ont eu la chance de pouvoir réfléchir sereinement, disent : il faut plus de ceci, moins de cela, faire telle chose, empêcher telle autre – très bien, leurs conseils sont utiles. Mais personne ne délivrera la recette du « retour de la démocratie en dix leçons », sinon le corps des citoyens, animé par la volonté commune de refuser la peur.

Un souvenir me revient souvent. Au hasard d'un reportage, je me retrouve serré au fond d'un taxi-brousse entre Ouagadougou et Niamey. Nous sommes empilés à dix dans la Peugeot break, la piste cahote, il fait chaud, c'est pénible – mais les passagers, les mamas et les marchands en boubous, discutent sans discontinuer. Et moi, petit Français qui m'imaginais que, dans les pays les plus pauvres du monde, les pauvres ne s'intéressaient pas aux idées, j'entends la discussion rouler des heures sur la politique, le chef de l'État, les élections, ce qu'il faudrait faire. Eh oui, la politique les passionnait, ils en parlaient avec sagacité, parce qu'ils savaient que de la bonne politique dépendait le sort de leur pays.

Vous rappelez-vous ce terme juste d'Al Gore, sur la « conversation de la démocratie » ? La démocratie, c'est d'abord ça : une conversation, une discussion, un débat au plein et vrai sens du mot ; où l'on s'écoute, parce que tout le monde est compétent. La racine du pouvoir des oligarques est leur prétention à être plus compétents que le peuple. J'en ai donné quelques illustrations. Encore celle-ci, d'Alain Minc, oligarque expert en manipulations : « Prétendre qu'il n'y a pas de légitimité intellectuelle, que tous les citoyens sont des experts et que tout le monde est égal face aux enjeux majeurs, quelle absurdité ! » Eh bien justement, la démocratie repose sur le fait que nous sommes égaux en capacité de jugement face aux enjeux majeurs : l'essentiel de la théorie de la démocratie dans la Grèce antique, résume l'historien Moses Finley, c'est que « tous les hommes possèdent la *politiké techné*, l'art du jugement politique, sans lequel il ne peut y avoir de société civilisée ». Non pas à la façon des sondages où l'on interroge au hasard des gens qui n'ont pas réfléchi à la question qu'on leur soumet ; mais comme le résultat d'une délibération où les citoyens ont entendu les arguments des experts et des autres citoyens, et se sont à l'occasion exprimés.

L'écologie politique, d'ailleurs, est née de cette contestation du pouvoir des experts, en affirmant que la démesure de la puissance technologique fragilisait le modèle démocratique : le combat des années 1970 contre l'énergie nucléaire visait autant son danger intrinsèque que la prétention des « experts » à tenir leur savoir indiscuté. La même critique se poursuit quant aux autres dispositifs techniques, tels que les organismes génétiquement modifiés (OGM), les nanotechnologies et les systèmes élaborés de contrôle social, dispositifs toujours imposés en s'affranchissant des règles du débat public et de la transparence de l'information.

Amartya Sen observe que « la politique de la démocratie donne aux citoyens une chance d'apprendre les uns des autres ». Oui, nous pouvons apprendre les uns des autres, par la conversation sur les grands enjeux, ceux que les oligarques ne veulent pas discuter, parce que ce qui les intéresse n'est pas d'abord le bien public, mais la préservation de leur bien acquis sur le dos des autres. Dans tous les exemples de démocratie vivante que nous connaissons, le cœur de la vie politique n'est pas l'élection, mais la délibération, par laquelle « nous apprenons les uns des autres ».

Un levier indispensable du retour à la démocratie, cependant, est dans la réduction des inégalités. Le principe démocratique est que, quelle que soit sa place dans la société, tout citoyen a part égale à la décision. Mais ce principe est brutalement violé quand le pouvoir économique de quelques-uns leur donne une capacité d'intervention et d'influence immensément supérieure au commun.

Soyons courageux, unissons-nous

Alors, que faire ? D'abord, « résister », puisqu'ils nous occupent : ils occupent nos esprits par la télévision, ils occupent nos réflexions par leurs médias contrôlés, ils occupent nos terres par leurs usines, ils occupent les conquêtes de nos parents par leurs privatisations, ils occupent l'espace écologique commun par leurs pollutions. Résister, puisqu'ils veulent détruire la résistance : « Il s'agit aujourd'hui de défaire méthodiquement le programme du Conseil national de la résistance », proclame un dirigeant du patronat, Denis Kessler. Que proposait ce programme élaboré au sortir du cauchemar nazi ?

« La pleine liberté de pensée, de conscience et d'expression ; la liberté de la presse, son honneur et son indépendance à l'égard de l'État, des puissances d'argent et des influences étrangères […] ;

– l'instauration d'une véritable démocratie économique et sociale, impliquant l'éviction des grandes féodalités économiques et financières de la direction de l'économie […] ;

– le retour à la nation des grands moyens de production monopolisée, fruits du travail commun, des sources d'énergie, des richesses du sous-sol, des compagnies d'assurances et des grandes banques […] ;

– un plan complet de sécurité sociale, visant à assurer à tous les citoyens des moyens d'existence, dans tous les cas où ils sont incapables de se le procurer par le travail, avec gestion appartenant aux représentants des intéressés et de l'État. » Pas un mot à changer. Animons ce cadre de pensée par l'ambition de façonner une société en accord avec la biosphère, et adieu les oligarques !

Pourquoi être pessimiste ? Il y a des victoires, aussi. Les médias parlent peu ou mal des victoires : elles n'en existent pas moins. La bataille des OGM menée par les paysans et les écologistes n'est pas gagnée, mais en Europe, les puissants n'ont toujours pas réussi à imposer les cultures transgéniques. En Guadeloupe, en 2009, un mouvement constitué avec ténacité a pu bousculer un ordre injuste et imposer un nouveau respect. Toute l'Amérique latine s'est libérée des dictateurs. En Inde, paysans et tribus ont obtenu que la firme Vedanta ne puisse détruire leurs terres par l'exploitation minière. En France, des ouvriers ont arraché des indemnités moins misérables que celles que voulaient leur octroyer les patrons ; des travailleurs sans-papiers ont gagné leur reconnaissance légale ; un site Internet a fait éclater le scandale Woerth-Bettencourt, révélant l'imbrication des grandes fortunes et des responsables politiques ; des journalistes mettent au jour dans des films les manœuvres de Monsanto ou l'exportation de déchets nucléaires en Russie ; le mouvement basque voit reconnaître son droit à une chambre d'agriculture autonome, Laborantza Ganbara ; des paysans ont imposé qu'un vaccin que les autorités voulaient généraliser à tous les élevages ne soit plus obligatoire. Et le mouvement de rejet de la réforme des retraites, en France, à l'automne 2010, a montré que le peuple pouvait se réveiller.

Toujours on retrouve dans ces batailles la détermination, c'est-à-dire le courage, et l'unité. Le courage : on ne gagne pas si l'on n'engage pas la bataille, au péril de perdre. Mais le courage est… un sport de combat. « Les individus ne sont pas devenus fondamentalement peureux, observe Cynthia Fleury, ils ont simplement perdu l'entraînement au courage. » C'est un sport collectif : s'il est bien d'être courageux seul, on est plus fort si l'on est courageux ensemble – entreprise plus difficile dans une culture individualiste qui sépare les êtres les uns des autres.

Quant à la nécessité de l'unité, elle est très bien comprise par les capitalistes. *The Economist* s'intéresse un jour aux syndicats aux États-Unis : l'hebdomadaire habitué des réunions Bilderberg observe que le taux de syndicalisation reste très élevé dans la fonction publique, proche de 40 %, alors qu'il a chuté à moins de 10 % dans le privé. « Le résultat, c'est que les travailleurs du public sont gâtés à l'excès. » Le journaliste – combien gagne-t-il, cet homme ? – écrit bien « gâtés à l'excès » (*spoiled rotten*) ! C'est-à-dire que « les employés du gouvernement gagnent 21 % de plus que ceux du privé et ont 24 % plus de chance d'accéder à de bons soins médicaux ».

Divisés, on est faibles, c'est aussi simple que ça.

Dans le cercle de parole

C'était lors de la marche pour la décroissance, dans le nord de la France, en juillet 2006. J'y participai quelques jours pour un article. Une agréable randonnée, derrière trois ânes, à côté de vélos colorés, parfois au son de la guitare et du pipeau, au milieu de jeunes gens doux et souriants. Le soir, les marcheurs se réunissaient en un « cercle de parole », qui délibérait des soucis de la journée et des projets du lendemain. Pour la première fois, j'y observai une pratique nouvelle de démocratie, marquée par une écoute attentive de tous, le refus des leaders, la recherche du consensus. On pouvait s'exprimer sans parler : agiter les mains en l'air pour manifester son accord avec l'orateur du moment, les faire tourner en rond pour lui signifier qu'il était trop long, mettre le pouce en bas pour marquer son désaccord. Tout cela se vivait naturellement et créait une atmosphère agréablement pacifique.

Je retrouvai cette mise en scène de la démocratie en 2009, lors du premier Camp action climat qui se tenait en France, près de Nantes, pour appuyer le refus du projet d'aéroport à Notre-Dame-des-Landes. Lancés en Angleterre en 2006, les Camps action climat visent, tout en s'inscrivant dans une lutte concrète, à articuler vie écologique et vie démocratique. Des Camps action climat se déroulent d'année en année au Québec, en Angleterre, au Danemark, en Allemagne, en Belgique, etc. Le désir de mettre en pratique ce que l'on recommande les anime : « Tout le monde en a marre du bla-bla, il faut bouger, montrer l'exemple », me dit l'une des participantes. On ne peut pas changer la société si on ne change pas individuellement.

Il s'agit aussi d'expérimenter l'autogestion. Le site Internet du Camp de Notre-Dame-des-Landes expliquait : « Les gen-te-s peuvent s'organiser de façon non hiérarchique, sans qu'il y ait un-e dirigeant-e pour les y forcer ou leur montrer comment faire [...]. La coopération basée sur des accords volontaires entre les gen-te-s eux-mêmes est plus inventive, plus efficace et surtout plus juste pour affronter les enjeux écologiques et sociaux actuels. » Les décisions sont prises au consensus. Il n'y a pas de porte-parole, pas d'élu, pas de vote, mais des discussions qui doivent se poursuivre jusqu'à ce que l'on atteigne un accord sur les sujets débattus. « Le consensus, m'expliquait un participant, cela signifie que les gens qui ne sont pas d'accord avec la décision sont invités à exprimer la raison de leur désaccord, et la décision peut être modifiée de façon à trouver une troisième voie qui va convenir au plus grand nombre. La prise de décision au consensus permet de recueillir l'adhésion pleine de la personne, et donc que chacun s'approprie la décision et s'y implique, parce que chacun y a contribué. C'est de la démocratie, mais pas représentative. »

L'assemblée pratiquait le langage de gestes permettant d'exprimer son opinion sans parler, ainsi que d'autres méthodes, tels ces rôles assumés par des volontaires : facilitateur de la discussion, scribe (prenant en note), scrutateur de sensations (chargé de veiller à ce que certains ne soient pas exclus ou repliés sur eux-mêmes).

« Le système permet à des gens aux positions totalement opposées de dialoguer avec une vraie qualité d'écoute, me dit Jean-Pierre. Ce n'est plus un rapport de force, mais un rapport d'intelligence. » « Les femmes ont vachement de place, observait Laurence. Cela indique que cela se passe bien. »

À Copenhague aussi, fin 2009, les nombreux jeunes réunis dans les collectifs préparant les actions autour de la conférence sur le climat vivaient cette démocratie directe.

Ces expériences nous rappellent que la démocratie est loin de se limiter à la représentation : elle suppose l'engagement actif des citoyens, qui ne vise pas seulement à contester, mais à appliquer un autre mode de vie et une politique respectueuse des gens. Cela est très éloigné de la conception libérale fondée sur l'individualisme : au début du XIXe siècle, Benjamin Constant concevait la démocratie comme un régime politique fondé essentiellement sur la liberté des individus menant leur vie loin de l'État. Dans la démocratie grecque, au contraire, il s'agissait de faire communauté. Ici, explique Cornelius Castoriadis, la liberté de l'individu « non seulement n'exclut pas mais implique une conscience très forte de l'appartenance à une communauté politique ».

Ce que nous disent les participants à des actions comme celles des Camps d'action climatique, c'est que l'époque a besoin de retrouver le sens de la communauté, une communauté qui prend pleinement en compte la personne, mais ne se réduit pas à une collection d'individus. Que toute action de résistance ne vaut que si elle engage l'adhésion de la communauté, et qu'elle doit se prolonger par des actes positifs montrant qu'existe une alternative au système contesté.

Cela remet-il en cause le système représentatif ? À mon sens, non, pour la raison simple que ce système est devenu une caricature de démocratie masquant la réalité oligarchique de l'exercice du pouvoir. Si une culture vivante de la démocratie à la base se développe, cela ne peut que revigorer les mécanismes encore fonctionnels de la démocratie représentative, pour autant que les élus du peuple non seulement entendent, mais se considèrent bien comme les mandataires de ceux à qui ils doivent compte.

Mais qu'en est-il alors du pouvoir, ce pouvoir qui obsède tant les « observateurs de la vie politique » qu'ils ne savent que commenter les chances des compétiteurs de parvenir au faîte ? La reconquête de la démocratie ne pourra bien sûr pas s'abstraire du pouvoir, afin d'exprimer la loi consentie par tous au bénéfice de tous, et non de quelques-uns. L'oligarchie ne se laissera pas déposséder facilement. Et donc, il faudra des individus qui assument le pouvoir. « La question, pour une politique démocratique, n'est pas d'éliminer les leaders, note Castoriadis ; c'est d'instaurer un rapport différent de la communauté avec l'individu exceptionnel. » Et, plus loin, évoquant la démocratie athénienne : « Lorsque j'écoute un grand pianiste, je ne me sens ni outragé, ni humilié ; il en va de même lorsque j'écoute un discours politique : je suis d'accord ou non, mais cela ne me rabaisse pas. Là encore, ce qui est déterminant, c'est le sentiment de l'appartenance responsable à une communauté. Suis-je partie prenante de ce qui se passe ? Après tout, ce Périclès, c'est l'un de nous, c'est nous qui l'avons fait, il vit ici, c'est parce que notre communauté est ce qu'elle est qu'il peut proposer ce qu'il propose. Il peut donc bien y avoir union des membres du corps politique entre eux et avec certaines personnalités exceptionnelles. »

Cela dépend de nous : selon que nous serons sujets de l'oligarchie ou démocrates vigoureux, nous serons gouvernés par des Berlusconi, des Bush, des Sarkozy, ou par des Périclès, des Roosevelt ou des de Gaulle.

Quoi de neuf ? La vertu

Bien sûr, vous n'avez pas oublié d'où nous sommes partis, au début de ce livre. Nous sommes partis de l'idée suggérée par certains selon laquelle, face à l'ampleur des choix qu'exige la crise écologique si l'on veut éviter qu'elle détruise la société, la démocratie n'est pas apte à ces choix difficiles. J'ai combattu cette idée en démontrant que nous n'étions pas dans une démocratie où la communauté des citoyens pouvait sereinement et contradictoirement examiner les solutions possibles, mais dans un état proche du régime oligarchique. Celui-ci ne permet pas une discussion éclairée, mais entretient au contraire, afin de maintenir l'inégalité qui lui profite, l'illusion que le capitalisme pourra toujours accroître l'abondance. Ce n'est donc pas la démocratie qui est inapte aux choix difficiles, mais le régime oligarchique.

Face à la montée des tensions sociales et des dégradations écologiques qui résultent de sa politique, l'oligarchie tend vers l'autoritarisme voire vers la dictature. Elle fera alors des choix douloureux, mais qui préserveront sa position relative. Je conclus qu'au lieu de prendre la démocratie comme acquise, il faut la revivifier, en résistant à l'oligarchie et en développant la culture et les pratiques démocratiques. C'est la seule voie par laquelle les sociétés occidentales pourront organiser l'appauvrissement matériel dans des conditions qui lui permettront de bien vivre.

Mais je reconnais bien volontiers que rien ne garantit que, même en démocratie, le peuple adopterait les choix qui me paraissent nécessaires. Trois hypothèses se présentent alors. L'une est que, incapable de se transformer, le capitalisme évolue vers une situation où la dictature se mêlera au chaos.

Une deuxième hypothèse voit une assez large fraction de l'oligarchie reconnaître l'ampleur du danger et imposer à l'autre un changement radical. Dans ce combat des deux oligarchies, le peuple sera pris à témoin et même insensiblement investi de la tâche de trancher entre les deux propositions.

Une troisième hypothèse voit la communauté des citoyens bousculer l'oligarchie et choisir l'« automodération ».

Les deux dernières hypothèses sont voisines. Celle du combat entre fractions de l'oligarchie me paraît la plus réaliste, mais peu importe. L'important est que, dans les deux cas, le sens des responsabilités, l'éthique du futur, l'idéalisme public déterminent le sort de la partie

– c'est-à-dire le sort du monde. Dans la deuxième hypothèse, l'oligarchie vertueuse ne peut l'emporter que si la majorité du peuple est aussi vertueuse, cette vertu du peuple étant aussi la condition du succès de la troisième hypothèse.

La vertu. Rien de plus nigaud dans l'univers idéologique qui domine notre représentation du monde. Pour les marxistes, la morale est une illusion, un voile qui dissimule l'intérêt de classe ; les comportements humains sont en fait déterminés par les structures matérielles et les rapports de classe. Quant aux capitalistes, ils ne font pas meilleur cas de la vertu : au contraire, l'égoïsme de chacun est supposé être transmuté en harmonie collective par l'alchimie du marché. La culture télévisuelle et publicitaire par laquelle cette idéologie devient culture ignore le concept même de vertu, et fait de la morale une niaiserie bon enfant dans le meilleur des cas, et l'instrument réactionnaire de répression du désir individuel le reste du temps.

Mais quoi qu'il en soit des nécessités du combat politique, de la reconnaissance des forces matérielles, du poids de la vanité, une époque qui abaisse la personne en la réduisant à l'ampleur de son désir, donc de sa frustration, ne peut s'émanciper qu'en relégitimant la valeur de l'engagement : du courage, de la maîtrise, du goût de la liberté, de la coopération. Ce qui nous paraît nouveau était une évidence pour les Grecs, comme l'explique Castoriadis : « Lorsque les Grecs dans l'Antiquité ont créé la polis comme démocratie des hommes libres [...], cette création [était] inséparable d'un certain nombre de valeurs, qui étaient à la fois la condition de la vie politique des Grecs et les fins que cette vie visait à atteindre [...]. Pour l'essentiel, ces valeurs avaient trait à l'homme individuel : ce qui était visé, c'était l'homme vertueux, l'*arétê* (vertu), l'individu *kalos kagathos* (beau et bon), etc. »

Pour le premier socialisme également, ce socialisme utopique que le marxisme allait étouffer, la « morale socialiste » visait, selon Pierre Chanial, à « forger une synthèse nouvelle entre amour de soi et amour des autres, égoïsme et altruisme, liberté personnelle et solidarité sociale ». Du Kropotkine de *L'Entraide* au Marcel Mauss de l'*Essai sur le don* et à la *common decency*, la morale commune de George Orwell, la vertu – ce sentiment d'une droiture humaine tournée vers les autres – court comme un fil oublié mais insécable au long de l'histoire des inventeurs d'un nouveau monde. Pour faire démocratie, il faut faire vertu, pour changer le destin écologique, il faut faire vertu. Vertu, un autre nom de l'humanité.

Références

1. La tentation autoritaire

Page 14 – « C'est la faillite de la démocratie » : Hulot, Nicolas, « Nous avons bradé l'avenir de nos enfants », *Le Journal du Dimanche*, 19 décembre 2009.

Page 15 – « signifie aujourd'hui… » : Bourg et Whiteside, « Pour une démocratie écologique », *La Vie des idées*, septembre 2009, p. 4.

Page 15 – « il est nécessaire… » : James Lovelock, cité par Leo Hickman, « James Lovelock : "Fudging Data is a Sin Against Science" », *The Guardian*, 29 mars 2010.

Page 15 – « si la démocratie… » : Shearman, David, « Kyoto : one Tiny Step for Humanity », www.onlineopinion.com.au, 4 mars 2005.

Page 15 – *Le Changement climatique et la Faillite de la démocratie* : Shearman, David, et Smith, Joseph Wayne, *The Climate Change and the Failure of Democracy*, Davenport, Praeger, 2007.

Page 16 – « les électeurs européens… » : « Rompuying along », *The Economist*, 6 février 2010.

Page 16 – « une sorte d'hyperdémocratie… » : Ewald, François, entretien avec Cécile Prieur, *Le Monde*, 11 janvier 2010.

Page 17 – *Le Mythe de l'électeur rationnel…* : Caplan, Bryan, *The Myth of the Rational Voter. Why Democracies Choose Bad Policies*, Princeton, Princeton University Press, 2007.

Page 17 – « reposait moins sur… » : Caplan, Bryan, cité par Ames, Mark, « Republicans at Highest Levels Really Want to

Do Away with Democracy for All », www.alternet.org/story/145648, 12 février 2010.

Page 17 – « le meilleur livre politique de l'année » : cité par Ames, Mark, « Republicans at Highest Levels Really Want to Do Away with Democracy for All », www.alternet.org/story/145648, 12 février 2010.

Page 17 – « les peuples ne valideront jamais un tel traité… » : Barbier, Christophe, « Crise de l'euro : le deuxième sceau », *L'Express*, 11 mai 2010.

Page 17 – « dictature bienfaisante » : Adler, Alexandre, « Le mystère grec », chronique du 12 février 2010 sur France Culture.

Page 17 – « J'ai lu les journaux intimes de Mussolini… » : Berlusconi, au siège de l'OCDE à Paris, le 27 mai 2010. Rapporté par www.liberation.fr le 28 mai sous le titre « Berlusconi se compare à Mussolini, ce "grand dictateur" ».

Page 17 – « le manque de liberté peut être un avantage… » : Hassett, Kevin, « Does Economic Success Require Democracy ? », *The American*, mai 2007.

Page 18 – « Une autocratie gouvernée par un parti… » : Friedman, Thomas, « Our One-Party Democracy », *The New York Times*, 9 septembre 2009.

Page 18 – « Il est concevable que la solution… » : George Steiner cité par Lapaque, Sébastien, « Le bloc-notes », *Témoignage chrétien*, 11 mars 2010.

Page 18 – « ne comprennent rien à la technologie… » : Rocca, Jean-Louis, « Le leadership relève de circonstances historiques, pas des droits de l'homme », *Le Monde*, 27 mars 2010.

Page 19 – *l'inanité du concept de bien commun* : Schumpeter, Joseph, *Capitalisme, socialisme et démocratie*, Paris, Payot (1942), 1990, p. 347.

Page 19 – « volonté des citoyens » : *ibid.*, p. 334.

Page 19 – « Le citoyen typique… » : *ibid.*, p. 347.

Page 19 – « la masse électorale… » : *ibid.*, p. 374.

Page 19 – « La méthode démocratique… » : *ibid.*, p. 355.

Page 20 – « Cette circonstance… » : *ibid.*, p. 383.

Page 20 – « Le Premier ministre d'une démocratie… » : *ibid.*, p. 379.

Page 20 – « une "strate" sociale… » : *ibid.*, p. 383.

Page 20-21 – « renforcer la coopération entre ces trois régions » : Crozier, Michel, Huntington, Samuel, Watanuki, Joji, *The Crisis of Democracy. Report on the Governability of Democracies to the Trilateral Commission*, New York, New York University Press, 1975, page de garde.

Page 21 – « La décennie 1960... » : Huntington, Samuel, « Chapter III. The United States », in Crozier, Michel, Huntington, Samuel, Watanuki, Joji, *The Crisis of Democracy*, *op. cit.*, p. 60.

Page 21 – « La vitalité de la démocratie... » : *ibid.*, p. 64.

Page 21 – « plusieurs des problèmes... » : *ibid.*, p. 113.

Page 21 – « Le bon fonctionnement... » : *ibid.*, p. 114.

Page 22 – « Nous en sommes venus... » : *ibid.*, p. 115.

Page 22 – « On doit reconnaître... » : Schumpeter, Joseph, *Capitalisme, socialisme et démocratie*, *op. cit.*, p. 393.

Page 22 – « Les gouvernements démocratiques... » : « Excerpts of Remarks by Ralf Dahrendorf on the Governability Study », in Crozier, Michel, Huntington, Samuel, Watanuki, Joji, *The Crisis of Democracy*, *op. cit.*, p. 191.

Page 22 – « Dans les dernières années... » : Rockefeller, David, « Looking for new leadership », *Newsweek*, 1er février 1999.

2. Le glissement vers l'oligarchie

Page 25 – Kapuscinski, Ryszard, *Mes voyages avec Hérodote*, Paris, Pocket, 2006.

Page 26 – Hérodote, *Histoires*, livre III, 80-84.

Page 30 – *Philippines* : Follorou, Jacques, « Les dynasties, maîtres du jeu électoral philippin », *Le Monde*, 9 et 10 mai 2010.

Page 30 – *Gabon* : Bernard, Philippe, « Le choix gabonais de Nicolas Sarkozy », *Le Monde*, 24 février 2010.

Page 30 – *Chine* : Zeyuan, Yu, « Gare à la nouvelle oligarchie capitaliste », *Llanhe Zaobao*, traduit par : *Courrier international*, nº 992, 5 novembre 2009.

Page 30 – « la marche vers l'oligarchie » : cité par Lesnes, Corinne, « Feu vert aux firmes américaines pour aider les campagnes électorales », *Le Monde*, 23 janvier 2010.

Page 30 – « vieilles et grosses oligarchies » : Hayes, Christopher, « The Twilight of the Elites », *Time*, 22 mars 2010.

Page 30 – « Les membres de l'oligarchie au pouvoir » : Hazan, Éric, « La chute du mur de Paris, c'est pour quand ? », *Politis*, 26 novembre 2009.

Page 30 – « Triomphe de l'oligarchie » : *Le Monde diplomatique*, juin 2010, p. 19 *sq*.

Page 30 – « la proximité exhibée » : Todd, Emmanuel, « L'électeur de droite ne s'y retrouve plus », *Libération*, 18 mars 2010.

Page 30 – *Les sociologues* : Pinçon, Michel, et Pinçon-Charlot, Monique, *Le Président des riches. Enquête sur l'oligarchie dans la France de Nicolas Sarkozy*, Zones, 2010.

Page 30 – « l'oligarchisation » : Gauchet, Marcel, « La démocratie du privé perturbe le collectif », *Libération*, 28 avril 2009.

Page 31 – « gouvernement du peuple, par le peuple et pour le peuple » : Constitution du 4 octobre 1958, article 2.

Page 31 – « d'opinion » : « La démocratie d'opinion en question », *Le Monde*, 18 juin 2010.

Page 31 – « d'influence » : François, Ludovic et Huyghe, François-Bernard, *De la société d'autorité à la démocratie d'influence*, Paris, Ellipses, 2009.

Page 31 – « participative », « médiatique » : Sintomer, Yves, *Le Pouvoir au peuple*, Paris, La Découverte, 2007, p. 27.

Page 31 – « d'action », « d'élection » : Rosanvallon, Pierre, « Le pouvoir contre l'intérêt général », *Le Monde*, 21 septembre 2010.

Page 31 – « sociale » : Supiot, Alain, « Retrouver tout d'abord le sens des limites », *Le Monde*, 22 janvier 2010.

Page 31 – « adulte » : Carcassonne, Guy, « Une démocratie adulte est concevable sans œillères », *Le Monde*, 14 janvier 2009.

Page 32 – *Le dixième supérieur* : INSEE, dossier de presse, « Les revenus et le patrimoine des ménages », avril 2010.

Page 32 – *Le revenu moyen* : *Observatoire des inégalités* : http://www.inegalites.fr/spip.php ?article1054&id_mot=130.

Page 33 – *la distribution des revenus était restée stable* : Kempf, Hervé, *Pour sauver la planète, sortez du capitalisme*, Paris, Seuil, 2009, p. 26 *sq*.

Page 33 – *Le phénomène s'est manifesté...* : Piketty, Thomas et Saez, Emmanuel, « The Evolution of Top Incomes : a Historical and International Perspective », AEA 2006 session : Measuring and Interpreting Trends in Economic Inequality, janvier 2006.

Page 34 – *L'évolution est similaire en France* : Landais, Camille, « Les hauts revenus en France (1998-2006) : une explosion des inégalités ? », Paris School of Economics, juin 2007.

Page 34 – « vraiment riches se mettent à l'écart... » : « Stealth Wealth », *Newsweek*, 2 juin 2007.

Page 34 – « la liste des riches Chinois » (*China Rich List*) : www.hurun.net. Chiffre 2003 cité par Gross, Daniel, « Split by Decision », *Newsweek*, 12 novembre 2007. Chiffre 2009 cité par Philip, Bruno, « La Chine, eldorado du cognac », *Le Monde*, 23 octobre 2009.

Page 34 – *selon la revue Forbes* : cité par Bouissou, Julien, « Les milliardaires indiens trustent 25 % du PIB du pays », *Le Monde*, 21 novembre 2009.

Page 35 – Michels, Robert, *Les Partis politiques*, Bruxelles, Éditions de l'Université de Bruxelles, 2009.

Page 35 – « cette situation intermédiaire... » : cité par Nouchi, Franck, « Les ratés du sarko-show », *Le Monde*, 10 avril 2010.

Page 36 – « Même si les élections... » : Crouch, Colin, *Post-Democracy*, Londres, Polity, 2004, p. 4.

Page 37 – *qui raconte la scène* : Stein, Ben, « In Class Warfare, Guess Which Class Is Winning », *New York Times*, 26 novembre 2006. À partir de cette anecdote, François Ruffin a écrit un livre incisif, *La Guerre des classes*, Paris, Fayard, 2008.

Page 37 – « citoyens privés » : « About the Organization », The Trilateral Commission, www.trilateral.org, consulté le 21 juin 2010.

Page 37 – « Le but immédiat... » : « About the Organization », The Trilateral Commission, www.trilateral.org, consulté le 21 juin 2010.

Page 37 – *Un club choisi* : Crozier, Michel, Huntington, Samuel, Watanuki, Joji, *The Crisis of Democracy. Report on the Governability of Democracies to the Trilateral Commission*, New York University Press, 1975, p. 218.

Page 38 – *un document sur la sécurité énergétique* : Deutch, John, Lauvergeon, Anne, et Prawiraatmadja, Widhyawan, « Energy Security and Climate Change », The Trilateral Commission, 2007. Cf. www.trilateral.org, consulté le 21 juin 2010.

Page 38 – *Participation de Mme Lauvergeon au groupe Bilderberg de 2009* : http://www.bilderbergmeetings.org/participants_2010.html.

Page 38 – *groupe Bilderberg* : http://www.bilderbergmeetings.org/index.php.

Page 38 – *Un téléspectateur envoie une question* : à voir sur Dailymotion : http://www.dailymotion.com/video/x4m2t6_bilderberg-y-connais-pas-2. Raconté par Calafatidès, Laurence, « L'histoire de Bilderberg racontée à Y. Calvi et J.-F. Kahn », 23 mai 2008, http://www.oulala.net/Portail/spip.php ?article3455.

Page 39 – *Participation de MM. Adler et Strauss-Kahn au groupe Bilderberg* : http://publicintelligence.net/bilderberg/, consulté le 23 juin 2010.

Page 40 – « des gens de pouvoir… » : Agence Reuters, 23 mai 2001, cité par Rossier, Roland, « Bilderberg, club secret des "maîtres du monde" », http://www.jutier.net/contenu/bilderbe.htm, consulté le 22 juin 2010.

Page 40 – *avec le soutien de Raymond Barre* : Lemaître, Frédéric, « Des élites en quête de sens », *Le Monde*, 22 janvier 2008.

Page 40 – *membre de la Trilatérale* : Crozier, Michel, Huntington, Samuel, Watanuki, Joji, *The Crisis of Democracy. Report on the Governability of Democracies to the Trilateral Commission, op. cit.*, p. 217.

Page 40 – *la moitié étant des hommes d'affaires* : « Annual meeting 2011 », www.weforum.org, consulté le 22 juin 2010.

Page 40 – « jouer un rôle plus important… » : Pigman, Geoffrey Allen, *Global Institutions : The World Economic Forum – A Multi-Stakeholder Approach to Global Governance*, Routledge, 2007, cité par « Forum économique mondial », http://fr.wikipedia.org, consulté le 22 juin 2010.

Page 40 – « Les hommes et les femmes de Davos… » : Gumbel, Peter, « In Search of Davos Man », *Time*, 23 janvier 2005.

Page 41 – « Le Siècle est un lieu républicain… » : cité par La Rocque (de), Jean-Pierre, « Entrer dans Le Siècle des 550 lumières », *Challenges*, 4 mai 2006.

Page 41 – « Le capitalisme français… » : « Le capitalisme français reste aux mains d'un club très fermé », *Le Monde*, 12 janvier 2010.

Page 41 – « les patrons des groupes… » : Rey-Lefebvre, Isabelle, *Le Monde*, 12 janvier 2010.

Page 42 – « la race des seigneurs » : cité par Logeart, Agathe, « C'est ma sœur », *Le Nouvel Observateur*, 12 juillet 2007. Phrase à propos de Rachida Dati.

Page 42 – *organisateur du forum de Davos* : NGuyen, Thuy-Diep, « Richard Attias, président de Publicis Events Worldwide », *Challenges*, 25 janvier 2007.

Page 42 – « tout le monde a une Rolex !… » : sur France 2, le 13 février 2010. www.youtube.com/watch ?v=J8RnkztwGtA.

Page 42 – « C'est dérisoire… » : « La fureur de Proglio », *L'Express*, 4 février 2010.

Page 42 – *habitué des réunions Bilderberg* : en 2009 : http://www.bilderbergmeetings.org/meeting_2009_2.html, consulté le 23 juin 2010. Ainsi qu'en 2007 et 2008 : http://publicintelligence.net/bilderberg/, consulté le 23 juin 2010.

Page 43 – « La réduction du temps de travail… » : dans *20 Minutes*, 7 octobre 2003, cité par Chollet, Mona *et al.*, *Les Éditocrates*, Paris, La Découverte, 2009.

Page 43 – *Tel ce secrétaire d'État, Christian Blanc…* : *Le Canard enchaîné*, 17 juin 2010.

Page 43 – *Ou le roi des Belges* : Alissova, Lisa, « Le roi des Belges dans une belle galère », *Libération*, 15-16 août 2009.

Page 43 – *Guy Hands* : Chassany, Anne-Sylvaine, « Tax Exile Guy Hands Finds Lonely Guernesey Haven Is not Heaven », *Bloomberg*, 17 février 2010.

Page 44 – *Fred Goodwin* : Roche, Marc, « La déchéance de Fred Goodwin, ex-héros de la finance écossaise », *Le Monde*, 28 février 2009.

Page 44 – *Volvo* : « En pleine crise, les dirigeants de Volvo s'augmentent », *Le Monde*, 28 février 2009.

Page 44 – *Valeo* : Cori, Nicolas, « Airbag en or massif à Valeo », *Libération*, 24 mars 2009.

Page 44 – *Fortis* : « L'ex-directeur de Fortis a gagné 3,7 millions d'euros en 2008 », *Le Monde*, 11 avril 2009.

Page 45 – *Société générale* : Michel, Anne, « L'attribution de stock-options à des dirigeants de la Société générale provoque une polémique », *Le Monde*, 21 mars 2009.

Page 45 – *leurs stock-options* : Dedieu, Franck, « Stock-options : ces dirigeants qui touchent encore leur jackpot », *L'Expansion*, janvier 2010.

Page 45 – *L'Expansion* : Dedieu, Franck, « Les superpatrons méritent-ils leur supersalaire ? », *L'Expansion*, mai 2009.

Page 45 – *Bourse de Londres* : *The Guardian*, du 14 septembre 2009, cité par Roche, Marc, « Les Britanniques choqués par ces patrons qui engraissent comme des matous », *Le Monde*, 16 septembre 2009.

Page 45 – « compagnies pourraient… » : Lyons, William, « For Europe's CEOs, no Lack of Bonuses », *Wall Street Journal*, 16 février 2010.

Page 46 – « Quand les banques allaient bien… » : cité par Lemaître, Frédéric, « Les États semblent impuissants face au retour des bonus », *Le Monde*, 11 août 2009.

Page 46 – « sentiment de souffrance morale » : L. B., « Taxe sur les bonus : les banquiers français grognons mais discrets », *Les Échos*, 12 janvier 2010.

Page 46 – « injonction quasi stalinienne » : Truc, Olivier, « En Suède, le gouvernement passe en force pour supprimer les bonus au sein des entreprises privées », *Le Monde*, 14 avril 2010.

Page 46 – *ce qui a généré des profits records* : Gatinois, Claire, Michel, Anne, et Roche, Marc, « Les traders retrouvent les bonus géants d'avant-crise », *Le Monde*, 14 janvier 2010.

Page 47 – *en hausse de 17 % sur l'année précédente* : Robert, Virginie, « 20,3 milliards de dollars de bonus pour Wall Street en 2009 », *Les Échos*, 24 février 2010.

Page 47 – *en hausse de plus de 20 % sur 2008* : Gatinois, Claire, et Michel, Anne, « Près de 2 milliards d'euros de bonus pour les traders des banques françaises », *Le Monde*, 12 mars 2010.

3. *La politique du capital*

Page 51 – *Ronald Reagan au Japon* : Gelbart, Larry, « Japan Buys a Used President », *New York Times*, 6 novembre 1989. Cité par Galbraith, James, *L'État prédateur*, Paris, Seuil, 2009, p. 123.

Page 51 – « frappait les narines… » : Saifre, William, « Recruiting Reagan », *New York Times*, 11 mai 1989.

Page 51 – *Bill Clinton* : Solomon, John, et Mosk, Matthew, « For Clinton, New Wealth in Speeches », *Washington Post*, 23 février 2007.

Page 51 – *Al Gore* : Schaub, Coralie, « Le business des ex », *Challenges*, 11 février 2010.

Page 51 – *Gerhard Schröder* : « 10 Highest-Paid Public Speakers in the World », 27 avril 2010, www.onlineuniversities.com/blog/2010/04/10-highest-paid-public-speakers-in-the ; *conseiller* : Halimi, Serge, « L'argent », *Le Monde diplomatique*, janvier 2009 ; *accord gazier* : Saint-Paul, Patrick, « Gerhard Schröder, le pipeline du bonheur », *Le Figaro*, 14 juillet 2010, et Syfuss-Arnaud, Sabine, « Un ex-chancelier au verbe d'argent », *Challenges*, 11 février 2010.

Page 52 – *Tony Blair* : Leigh, David, et Griffiths, Ian, « The Mystery of Tony Blair's Finances », *The Guardian*, 1er décembre 2009 ; *montage financier* : Leigh, David, et Griffiths, Ian, « Mystery of Tony Blair's Money Solved », *The Guardian*, 17 décembre 2009.

Page 52 – *Jean Chrétien* : Taber, Jane, « Chrétien Betting on Resort-casino in Vietnam », *The Globe and Mail*, 16 avril 2009.

Page 52 – *Mme Palin* : Sherman, Gabriel, « Palin Inc., une entreprise qui marche », *New York Magazine*, traduit par : *Courrier International*, 27 mai 2010.

Page 53 – *Sebastian Pinera* : Legrand, Christine, « Le président milliardaire », *Le Monde*, 19 janvier 2010.

Page 53 – *gouvernement britannique* : Milland, Gabriel, et Warren, Georgia, « Austerity Cabinet has 18 Millionaires », *The Sunday Times*, 23 mai 2010.

Page 53 – *Antoine Bernheim* : cité par Darras, François, « L'argent élevé au grade de grand-croix de la Légion d'honneur », *Marianne*, 27 octobre 2007.

Page 54 – *un mouvement général de privatisation du bien commun* : documenté dans : Kempf, Hervé, *Pour sauver la planète, sortez du capitalisme*, Paris, Seuil, 2009, p. 26 *sq*.

Page 55 – *moelleux matelas de la puissance* : « Lincoln Bedroom Guests Gave $5.4 Million », CNN. http://edition.cnn.com/ALLPOLITICS/1997/02/26/clinton.lincoln.

Page 55 – *Les allers-retours entre postes de la haute administration et conseils d'administration des grandes entreprises* : Mulkern, Anne, « When Advocates Become Regulators », *Denver Post*, 24 mai 2004.

Page 55 – *Gouvernement Obama* : « Banking on Becoming President », opensecrets.org, http://www.opensecrets.org/pres08, consulté le 29 juin 2010 ; « Who's Who in the Obama Cabinet », World socialist web site, 19 janvier 2009, www.wsws.org/articles/2009/jan2009/cabi-j19.shtml, et http://www.wsws.org/articles/2009/jan2009/secu-j20.shtml, consultés le 30 juin 2010 ; *questions agricoles* : Carney, Timothy, « Obama's Revolving Door and Agri-Chemical Giants », *San Francisco Examiner*, 27 novembre 2009.

Page 56 – *Monsanto* : Kenfield, Isabella, « The Return of Michael Taylor. Monsanto's Man in the Obama Administration », *Counterpunch*, 14 août 2009.

Page 56 – *William Lynn* : Griffin, Drew, et Bronstein, Scott, « Defense Official Example of Revolving Door Between Governing, Lobbying », CNN, 23 février 2010.

Page 56 – *Timothy Carney* : Carney, Timothy, « Cashing Out of the Obama Administration », *Washington Examiner*, 3 mars 2010.

Page 57 – *Dominique Strauss-Kahn* : raconté par Lhaïk, Corinne, « DSK est-il de droite ? », *L'Express*, 23 juin 2010.

Page 57 – *Jean-Marie Messier* : Mamou, Yves, « Le retour médiatique critiqué de Jean-Marie Messier », *Le Monde*, 28 janvier 2009.

Page 58 – « redéfinir l'éthique… » : Messier, Jean-Marie, *Le jour où le ciel nous est tombé sur la tête*, Paris, Seuil, 2009, p. 316.

Page 58 – *Stéphane Richard* : Mauduit, Laurent, « Un "turbomillionnaire" à Bercy », *Marianne*, 27 octobre 2007.

Page 58 – *Jean-Charles Naouri* : http://fr.wikipedia.org/wiki/Jean-charles_naouri, consulté le 30 juin 2010 ; www.

challenges.fr/classements/fortune.php ?cible=444, consulté le 30 juin 2010.

Page 58 – *Matthieu Pigasse* : Orange, Martine, *Ces Messieurs de Lazard*, Paris, Albin Michel, 2006, p. 317 ; Pechberty, Matthieu, « Matthieu Pigasse aime mieux jouer au banquier qu'au financier », *La Tribune*, 15 octobre 2008 ; Natixis, « Résultats au 31 décembre 2008 », Communiqué de presse du 26 février 2009.

Page 59 – *Pérol* : « Un Pérol de composition », *Les Dossiers du Canard enchaîné*, n° 112, juillet 2009 ; Bilderberg : Rey-Lefebvre, Isabelle, *Le Monde*, 12 janvier 2010.

Page 60 – *Alter-EU* : « Revolving Doors Case Underline Need for Cooling-Off Period », Press release, Alter-EU, 17 mai 2010.

Page 61 – *Dominique Strauss* : Giret, Vincent, et Le Billon, Véronique, *Les Vies cachées de DSK*, Paris, Seuil, 2000, p. 138 ; *EDF* : *ibid.*, p. 146 *sq.*

Page 61 – *Jean-François Copé* : Martin, Julien, « Maître Copé touche-t-il 200 000 euros chaque année ? », Rue89.com, 24 juillet 2009 ; Copé, Jean-François, *Promis, j'arrête la langue de bois*, Paris, Hachette-Littératures, 2006 ; cité par Davet, Gérard, « Avocats et politiques, les liaisons dangereuses », *Le Monde*, 14 octobre 2009.

Page 62 – *Les quatre parlementaires* : Calvert, Jonathan, Newell, Claire, et Gillard, Michael, « Whispered over Tea and Cake : Price for a Peer to Fix the Law », *The Sunday Times*, 25 janvier 2009.

Page 62 – Patricia Hewitt : « Revealed : Labour's Cash for Influence Scandal », *The Sunday Times*, 21 mars 2010.

Page 62 – *Transparency international* : Verluise, Pierre, « La corruption reste un défi pour l'UE-27 », *Actualités européennes*, IRIS, n° 33, avril 2010.

Page 63 – *Quotidien ABC* : Exposito, Angel, « Al borde del sumidero de la corrupcion », *ABC*, 1er novembre 2009.

Page 63 – « Les gouvernements démocratiques font difficilement » : « Excerpts of Remarks by Ralf Dahrendorf on the Governability Study », in Crozier, Michel, Huntington, Samuel, Watanuki, Joji, *The Crisis of Democracy. Report on the Governability of Democracies to the Trilateral Commission*, *op. cit.*, p. 191.

Page 64 – *Paul De Grauwe et Filip Camerman*: De Grauwe, Paul, et Camerman, Filip, *How Big are the Big Multinational Companies ?*, janvier 2002.

Page 64 – *en 2002, les cent premières firmes*: Morin, François, *Le Mur de l'argent*, Paris, Seuil, 2006, p. 40.

Page 65 – *aux États-Unis, il s'appropriait 40 %*: « La finance capte les profits », *Alternatives économiques*, juillet 2010, p. 13. Orléan, André, « La crise, moteur du capitalisme », *Le Monde*, 30 mars 2010.

Page 65 – *Les dix plus grandes banques ont chacune*: Piketty, Thomas, « Non, les Grecs ne sont pas des paresseux », *Libération*, 23 mars 2010.

Page 65 – « le coût de l'argent est devenu » : Galbraith, James, *L'État prédateur*, Paris, Seuil, 2009, p. 177.

Page 65-66 – *Rubin, Bolten Paulson et Geithner*: Roche, Marc, « Des ramifications public-privé au plus haut niveau », *Le Monde*, 31 octobre 2010.

Page 66 – *les hommes de Goldman Sachs à l'international*: Roche, Marc, « En Europe, Goldman Sachs recrute des hommes de pouvoir pour asseoir le sien », *Le Monde*, 2 mars 2010.

Page 66 – *les employés de Goldman ont versé*: Taibbi, Matt, « The Great American Bubble Machine », *Rolling Stone*, 9 juillet 2009.

Page 66 – « Nous aidons », « le travail de Dieu » : Arlidge, John, « I'm Doing "God's Work". Meet Mr Goldman Sachs », *The Sunday Times*, 8 novembre 2009.

Page 66 – « la vérité sur les spéculateurs » : Murphy, Paul, « The Truth About Speculators : They are Doing God's Work », *Financial Times*, 13-14 mars 2010.

Page 66 – « c'est une drogue » : Arlidge, John, « I'm Doing "God's Work". Meet Mr Goldman Sachs », art. cit.

Page 67 – *Goldman Sachs en Grèce*: Story, Louise, Thomas, Landon, et Schwartz, Nelson, « Wall St. Helped to Mask Debt Fueling Europe's Crisis », *New York Times*, 14 février 2010.

Page 67 – *bénéficier de la faillite d'AIG*: Cypel, Sylvain, et Michel, Anne, « Scandale AIG : le rôle de Goldman Sachs et de la Société générale en question », *Le Monde*, 11 février 2010.

Page 67 – *sciemment vendu à des clients* : Robert, Virginie, « Goldman Sachs attaqué pour fraude par la SEC », *Les Échos*, 19 avril 2010.

Page 68 – *débat sans vote* : Assemblée nationale, « Compte-rendu analytique officiel. Session ordinaire de 2005-2006 – 6e jour de séance, 13e séance. 1re séance du mardi 11 octobre 2005 », http://www.assemblee-nationale.fr/12/cra/2005-2006/013.asp.

Page 68 – *la banque Rothschild a donc proposé* : Watts, Robert, et O'Connell, Dominic, « NM Rothschild pitches motorway privatisation plan », *The Sunday Times*, 30 août 2009.

Page 68 – *La discussion parlementaire* : http://www.assemblee-nationale.fr/13/cri/2009-2010/20100007.asp#P98_2862.

Page 69 – *James Galbraith* : Galbraith, James, *L'État prédateur*, *op. cit.*, p. 185.

Page 70 – *l'expérience du Royaume-Uni* : Sabbah, Catherine, « Partenariat public-privé : un mauvais outil de relance », *Les Échos*, 15 avril 2010. Rey-Lefebvre, Isabelle, « Au Royaume-Uni, des économies, mais aussi des dérives », *Le Monde*, 26 juin 2008.

Page 70 – *la Cour des comptes jugeait* : Cour des comptes, *Rapport annuel 2008*, p. 675. Voir aussi : Cour des comptes, *Le Service public pénitentiaire*, juillet 2010.

Page 71 – *un document interne du ministère* : Simonnot, Dominique, « La justice s'avoue impuissante face aux "cols blancs" », *Le Canard enchaîné*, 28 juillet 2010.

Page 71 – *le Service central de prévention* : Alt, Éric, « 0,025 % de condamnations pour corruption », *Le Monde diplomatique*, avril 2010.

Page 71 – *Des députés ne peuvent auditionner* : Transparence international France, « Affaire de Karachi : une nouvelle illustration de l'utilisation abusive du secret défense », communiqué de presse, 19 mai 2010.

Page 72 – *le Royaume-Uni, l'Italie, la Serbie* : Alt, Éric, « 0,025 % de condamnations pour corruption », art. cit.

Page 72 – *la dix-neuvième initiative* : Aloise, Salvatore, « En Italie, un projet de loi raccourcissant la durée des procès crée une polémique », *Le Monde*, 28 février-1er mars 2010.

Page 72 – *supprimer le juge d'instruction* : Routier, Airy, « L'abus de bien social change d'étalonnage », *Challenges*, 11 mars 2010.

Page 72 – *Standard & Poor's abaissait* : Adda, Jacques, « Notation financière : le marché corrupteur », *Alternatives économiques*, juin 2010.

Page 72 – *Elles ont progressivement été reconnues* : Adda, Jacques, « Notation financière : le marché corrupteur », art. cit. Benezet, Erwan, « Les agences de notation dans le collimateur », *Le Parisien*, 7 mai 2010.

Page 73 – *Standard & Poor's accordait* : Adda, Jacques, « Notation financière : le marché corrupteur », art. cit.

Page 73 – *en plein débat sur les retraites* : J.-P. R., « L'agence financière Fitch défend son modèle de notation », *Le Figaro*, 9 juillet 2010. Gubert, Romain, « L'homme qui note la France sur les marchés », Lepoint.fr, 10 juillet 2010.

Page 74 – « sous observation négative » : « Une cote placée sous surveillance », radio-Canada.ca, 26 février 2009. Laviolette, Marc, et Dubuc, Pierre, « Le démantèlement de la Caisse des dépôts dans le viseur », *L'Aut' Journal*, avril 2009.

Page 75 – « L'industrie pharmaceutique a écrit une loi » : Carney, Timothy, « Once Obama's Target, Lobbyist Tauzin Now His Pet », *The Examiner*, 6 janvier 2010. L'annonce télévisée d'Obama est visible ici : http://www.youtube.com/watch ?v=NCRO0g9CfAw (consulté le 15 juin 2010).

Page 75 – *Tauzin s'est rendu onze fois* : Cypel, Sylvain, « Fin d'un lobbyiste », *Le Monde*, 17 février 2010. Et : Blumenthal, Paul, « The Legacy of Billy Tauzin : the White House-PhRMA Deal », Sunlight Foundation, 2 février 2010.

Page 75 – *la réforme de la santé* : Appaix, Olivier, « Quand les États-Unis se refont une santé », *Le Monde diplomatique*, mai 2010. Blumenthal, Paul, *op. cit.*

Page 75 – *544 millions de dollars en lobbying* : Center for Responsive Politics, « Federal Lobbying Climbs in 2009 as Lawmakers Execute Aggressive Congressional Agenda », 12 février 2010.

Page 76 – *les conseillers d'Obama* : Taibbi, Matt, « Obama's Big Sellout », *Rolling Stone*, décembre 2009.

Page 76 – *il se rend à New York* : « Obama to Wall St. : "Join Us, Instead of Fighting Us" », *New York Times*, 22 avril 2010.

Page 76 – « Je suis sûr que pas mal » : Obama, Barack, « Remarks by the President on Wall Street Reform », The White House, 22 avril 2010.

Page 76 – *Des chercheurs du Fonds monétaire international* : Igan, Deniz, Mishra, Prachi, et Tressel, Thierry, « A Fistful of Dollars : Lobbying and the Financial Crisis », IMF working paper, n° 287, 2009, p. 27.

Page 76 – *Sur les neuf premiers mois de 2009* : Rey, Hélène, « Le fabuleux lobbying de la finance américaine », *Les Échos*, 10 février 2010.

Page 77 – *Russ Feingold* : cité par Puzzanghera, Jim, Mascaro, Lisa, et Simon, Richard, « Byrd's Death Could Delay Financial Reform Vote », *Los Angeles Times*, 29 juin 2010.

Page 77 – *Pascal Canfin* : propos recueillis par Grégoire Biseau, *Libération*, 2 juillet 2010.

Page 77 – *L'invasion des organismes génétiquement modifiés* : Kempf, Hervé, *La Guerre secrète des OGM*, Paris, Seuil, « Points », 2e édition, 2007. Voir aussi : Robin, Marie-Monique, *Le Monde selon Monsanto*, Paris, La Découverte, 2009.

Page 77 – *La directive REACH* : Riss, Jorgo, « Chemical Warfare – the Lobbying Battle on REACH », in Alter-EU, *Bursting the Brussels Bubble*, 2010.

Page 77 – *Les projets européens de régulation financière* : « Financing Warmongers Set EU Agenda », Corporate Europe Observatory, avril 2010.

Page 77 – *Le document définissant la stratégie* : « Europe's 2020 Strategy : Big Business as Usual », Corporate Europe Observatory, mars 2010.

Page 78 – *Siim Kallas* : Kallas, Siim, « The Need for a European Transparency Initiative », discours du 3 mars 2005 à Nottingham.

Page 78 – *une analyse menée par les Amis de la Terre* : « Lobbying in Brussels », Friends of the Earth Europe, avril 2010.

Page 78 – *À Bruxelles, les nombreux groupes d'experts* : *ibid.*

Page 78 – *Jean-Christophe Alquier* : Alquier, Jean-Christophe, propos recueillis par Guillaume Dasquié et Nathalie Raulin, *Libération*, 23 juillet 2009.

Page 79 – *Daniel Guéguen* : « Interview with Daniel Guéguen on the Scrutiny of Brussels Lobbists », euractiv.com, 4 mai 2005.

Page 79 – *budget de lobbying a atteint aux États-Unis* : Center for Responsive Politics, « Federal Lobbying Climbs in 2009 as Lawmakers Execute Aggressive Congressional Agenda », 12 février 2010.

Page 79 – *dans 93 % des cas* : Center for Responsive Politics, « Money Wins Presidency and 9 of 10 Congressional Races in Priciest U.S. Elections Ever », 5 novembre 2008.

Page 80 – *campagnes des candidats* : Liptak, Adam, « Court Lifts Election Spending Limit », *International Herald Tribune*, 22 janvier 2010.

Page 80 – *Espagne* : Bozonnet, Jean-Jacques, « La droite espagnole est déstabilisée par une affaire de corruption », *Le Monde*, 11-12 octobre 2009.

Page 80 – *Michael Ashcroft* : « Michael Ashcroft, Baron Ashcroft », http://en.wikipedia.org, consulté le 5 août 2010.

Page 81 – *Europe (Suède, Finlande, Italie)* : « Comment la vie politique est-elle financée en Europe ? », *Le Monde*, 24 juillet 2010. « Financement des partis politiques en Europe : la démocratie à l'épreuve des affaires », www.myeurop.info, 11 juillet 2010.

Page 81 – *Forbes* : « Plus de miliardaires, selon Forbes », lavieimmo.com, 12 mars 2010.

Page 81 – *Mme Bettencourt* : Arfi, Fabrice, et Lhomme, Fabrice, « Sarkozy, Woerth, fraude fiscale : les secrets volés de l'affaire Bettencourt », mediapart.com, 16 juin 2010.

Page 82 – *campagne électorale de M. Sarkozy* : « Argent liquide, rendez-vous : la campagne de Sarkozy revient au centre de l'affaire », mediapart.com, 23 juillet 2010.

Page 82 – *M. Woerth et M. de Maistre* : Laske, Karl, et Lecadre, Renaud, « Quand Éric Woerth et Patrice de Maistre passaient à table », *Libération*, 14 juillet 2010. Mahranne, Saïd, « Woerth, poisson-pilote de Sarkozy à la tête du club des donateurs de l'UMP », lepoint.fr, 29 juin 2010.

Page 83 – *M. Courroye* : « Philippe Courroye », http://fr.wikipedia.org, consulté le 5 août 2010.

4. *L'art de la propagande*

Page 85 – *Al Gore* : Gore, Al, *Earth in the Balance*, Earthscan, 1992. Kempf, Hervé, « Earth in the Balance », *Réalités de l'écologie*, n° 36, novembre 1992.

Page 88 – « sur des questions aussi complexes que la crise climatique » : entretien écoutable avec lien vers transcription sur : http://www.reporterre.net/spip.php ?article1181, paru dans *Le Monde* du 12 octobre 2006.

Page 88 – *Al Gore* : Gore, Al, *The Assault on Reason*, New York, Penguin Press, 2007. Traduit par Claudine Richetin, Paris, Seuil, 2008, sous le titre *La Raison assiégée*.

Page 88 – « conversation de la démocratie » : Gore, Al, *The Assault on Reason*, *op. cit.*, p. 13.

Page 88 – « La communication fondée sur la psychologie » : *ibid.*, p. 93.

Page 89 – *Walter Lippmann* : Baillargeon, Normand, « Edward Bernays et l'invention du "gouvernement invisible", in Bernays, Edward, *Propaganda*, Paris, Zones-La Découverte, 2007, p. 16 et p. 60.

Page 89 – « Le rôle du public… » : Lippmann, Walter, *Public Opinion*, New York, BN Publishing, 2008, p. 161.

Page 89 – « Le peuple… » : Lippmann, Walter, *The Phantom Public*, New York, MacMillan, 1927, p. 155. Cité par Baillargeon, Normand, « Edward Bernays et l'invention du "gouvernement invisible", in Bernays, Edward, *Propaganda*, *op. cit.*, p. 18.

Page 89 – « néo-libéralisme » : « Colloque Walter Lippmann », http://fr.wikipedia.org/wiki/Colloque_Walter_Lippmann, consulté le 25 juin 2010.

Page 90 – « La manipulation… » : Bernays, Edward, *Propaganda*, *op. cit.*, p. 31.

Page 90 – « La minorité… » : *ibid.*, p. 39.

Page 90 – « Un homme décide… » : *ibid.*, p. 62.

Page 90 – « clichés, slogans… » : *ibid.*, p. 62.

Page 90 – « avec les ressorts… » : *ibid.*, p. 45.

Page 91 – « Nous devons faire glisser… » : BBC 4, *Century of the Self*, cité par Gore, Al, *The Assault on Reason*, *op. cit.*, p. 94.

Page 92 – *Eurodata TV* : A. F., « Les téléspectateurs mondiaux ne décrochent pas », *Les Échos*, 19-20 mars 2010.

Page 92 – *Durée* : « 3 h 8 min », *Le Monde*, 26 mars 2009. « 3 h 24 de télé par jour pour les Français en 2009 », *Midi Libre*, 2 janvier 2010. Communiqué de presse, « Médiamat annuel 2009 », Médiamétrie, 4 janvier 2010.

Page 93 – « Un individu qui passe quatre heures et demie… » : Gore, Al, *The Assault on Reason*, *op. cit.*, p. 21.

Page 93 – « L'intoxication télévisuelle… » : Kubey, Robert et Csikszentmihalyi, Mihaly, « Television Addiction is no Mere Metaphor », *Scientific American*, février 2002.

Page 93 – « L'ensemble de ces techniques… » : Postman, Neil, *Se distraire à en mourir*, Paris, Flammarion, 1986, p. 107.

Page 93 – « Elle a fait du divertissement… » : *ibid.*, p. 120.

Page 94 – « induit moins des idées… » : Le Goff, Jean-Pierre, *La Démocratie post-totalitaire*, Paris, La Découverte, 2003, p. 177.

Page 96 – *personnes emprisonnées aux États-Unis* : The Pew Center, « Prison count 2010 », mars 2010.

Page 97 – *Émission Dilemme* : « Dilemme : Ophélie : "Personne ne m'a forcée" », *Voici*, 3 juin 2010. Monnier, Vincent, « Basses œuvres », *Le Nouvel Observateur*, 19 juin 2010.

Page 98 – *un bain de purin* : émission « Dilemme » : Monnier, Vincent, « Basses œuvres », *Le Nouvel Observateur*, 19 juin 2010.

Page 98 – *des stimulations sexuelles sur un cheval* : émission « De Gouden Kooi », aux Pays-Bas : Stroobants, Jean-Pierre, « Télé-réalité : toujours plus bas », *Le Monde*, 27 mai 2008.

Page 98 – « pédophile », « connard » : Ridet, Philippe, « La télé-réalité, c'est pas pour de vrai », *Le Monde*, 29 septembre 2009.

Page 98 – « sénile », « pouilleuse » : « Le cinq majeur des candidats », *Le Parisien*, 14 août 2009.

Page 98 – *emprisonné et maltraité* : émission « Inlast », en Suède : Truc, Olivier, « "Enfermés", une émission de télé-réalité pire que la réalité », *Le Monde*, 14 octobre 2009.

Page 98 – *électrochocs* : Larcher, Laurent, « La télévision en ses dérives extrêmes », *La Croix*, 17 mars 2010.

Page 98 – « L'inflation de séries policières… » : « Fiction ou communication ? », *Politis*, 15 juillet 2007.

Page 98 – « la quasi-inexistence… » : Roux, Mathias, « Vraiment si belle, la vie ? », *Le Monde diplomatique*, décembre 2008.

Page 99 – *Parents Television Council* : Miller, Martin, « "24" Gets a Lesson in Torture from the Experts », *Los Angeles Times*, 13 février 2007.

Page 99 – « la concentration accrue… » : Gore, Al, *The Assault on Reason*, *op. cit.*, p. 16.

Page 99 – « Une des plus évidentes… » : *ibid.*, p. 99.

Page 99 – *Québec* : Philpot, Robin, *Derrière l'État Desmarais : Power*, Montréal, Les Intouchables, 2008, p. 148.

Page 100 – « Les différences d'opinion… » : Koronaiou, Alexandra, propos recueillis par F. P., *L'Humanité Dimanche*, 1er juillet 2010.

Page 100 – *concentration des médias* : Ward, David, *A Mapping Study of Media Concentration and Ownership in Ten European Countries*, Commissariaat voor de Media, 2004.

Page 100 – *un modèle de propagande* : Lamar, Jake, « La désinformation continue », *Le Monde Magazine*, 24 avril 2010.

Page 100 – « Il ne l'a jamais caché… » : Philpot, Robin, *Derrière l'État Desmarais* : *Power*, *op. cit.*, p. 156.

Page 101 – « fréquenter Le Siècle » : Pujadas, David, et Elkabach, Jean-Pierre, cités par Blandin, Noël, « Select Club : Le Siècle, club de rencontres des élites françaises », *La République des Lettres*, 22 janvier 2008.

Page 101 – *le rédacteur en chef des Échos* : Beytout, Nicolas, cité par http://publicintelligence.net/bilderberg/http://publicintelligence.net/bilderberg, consulté le 6 août 2010.

Page 101 – *Légion d'honneur* : « Légion d'honneur et ordre du Mérite pour journalistes et dirigeants de médias (2005-2010) », www.acrimed.org, 14 juillet 2010.

Page 101 – *J'avais écrit un portrait* : Kempf, Hervé, « Nathalie Kosciusko-Morizet. Tout pour elle », *Le Monde*, 17 juillet 2007.

Page 101 – *Un mois plus tard* : appel du 10 septembre 2007.

Page 101 – *Il me fallut* : lettre du 14 septembre 2007.

Page 102 – « il y a des choses… » : Carles, Pierre, « L'humour est une arme subversive », propos recueillis par Xavier Frison, *Politis*, 7 janvier 2010.

Page 104 – *J'écrivis un article* : Kempf, Hervé, « ConsHome, petit Home », *Le Monde*, 21-22 juin 2010. Lisible sur : www.reporterre.net/spip.php ?article415.

Page 104 – « On ne peut pas faire… » : courriel du 7 juillet 2009.

Page 105 – « aux champions de la finance » : Attali, Jacques, *Rapport de la Commission pour la libération de la croissance française*, Paris, XO Éditions-La Documentation française, 2008, décisions 97 et 103.

Page 105 – « entités les mieux capables… » : Attali, Jacques, *Une brève histoire de l'avenir*, Paris, Fayard, Le Livre de poche, 2006, p. 205.

Page 105 – « l'imposture » : Allègre, Claude, *L'Imposture climatique*, Paris, Plon, 2010.

Page 105 – *Il apparaît rapidement* : Foucart, Stéphane, « Le cent-fautes de Claude Allègre », *Le Monde*, 28 février-1er mars 2010. Huet, Sylvestre, *L'imposteur, c'est lui*, Paris, Stock, 2010.

Page 106 – *après son enquête* : Robert, Denis, *Révélation$*, Paris, Les Arènes, 2001.

Page 106 – *un reportage sur la gestion* : reportage de Benoît Collombat, « Cameroun : l'empire noir de Vincent Bolloré », diffusé sur France Inter le 29 mars 2009.

Page 106 – *enquête sur les agissements* : Deneault, Alain, Abadie, Delphine, et Sacher, William, *Noir Canada*, Montréal, Écosociété, 2008. Information sur la poursuite : www.ecosociete.org.

Page 106 – *Le PDG de Casino* : « Le Groupe Casino tremble devant Fakir (et réclame 75 000) », 30 juin 2010, www.fakir-presse.info.

Page 106 – *une tribune dans laquelle* : Azam, Geneviève *et al.*, « Claude Allègre : question d'éthique », *Politis*, 18 juin 2009.

5. Pourquoi ne se rebelle-t-on pas ?

Page 108 – « les hommes des classes dominantes » : Louis Chauvel, « La paix des vainqueurs », propos recueillis par Joseph Confavreux et Laurence Duchêne, *Vacarme*, n° 47, printemps 2009.

Page 109 – *le dérivatif de la drogue* : Leclerc, Jean-Marc, « La drogue envahit le monde du travail », *Le Figaro*, 28 juin 2010.

Page 109 – « Je ne veux pas retourner… » : « Le cuisinier d'Euro Disney qui s'est suicidé ne voulait pas "retourner chez Mickey" », *Le Monde*, 8 avril 2010.

Page 111 – « une vérité élémentaire… » : Castoriadis, Cornelius, et Cohn-Bendit, Daniel, et le public de Louvain-la-Neuve, *De l'écologie à l'autonomie*, Paris, Seuil, 1981, p. 26-27.

Page 111 – « ces besoins qu'il crée… » : *ibid.*, p. 32-33.

Page 111 – « une classe moyenne… » : cité par Brown, Wendy, « Néo-libéralisme et fin de la démocratie », *Vacarme*, nº 29, automne 2004.

Page 113 – *le prix de plus en plus élevé* : Rollot, Catherine, « Le malaise résidentiel croît dans la classe moyenne », *Le Monde*, 2 février 2010.

Page 113 – « La grande masse des gens… » : George, Susan, propos recueillis par Hervé Kempf le 8 août 2009, www.reporterre.net/spip.php ?article501.

Page 113 – « L'Américain "moyen"… » : Michéa, Jean-Claude, *Orwell éducateur*, Paris, Climats, 2003, p. 157.

Page 115 – *de 38 % en 1979, il est passé à 41 %* : Garrigou, Alain, « Élections sans électeurs », *Le Monde diplomatique*, juillet 2009.

Page 115 – *comme l'ont montré* : Subileau, Françoise, et Toinet, Marie-France, *Les Chemins de l'abstention*, Paris, La Découverte, 1993.

Page 115 – *les plus pauvres, les ouvriers* : Barroux, Rémi, « En Moselle, abstention et vote FN flirtent avec les records », *Le Monde*, 21-22 mars 2010.

6. Le défi de la démocratie planétaire

Page 118 – « Le premier boulot… » : le 22 juillet 2009 lors des Rencontres de Pétrarque à Montpellier, diffusées sur France Culture.

Page 118 – « un objet d'un type entièrement nouveau… » : Jonas, Hans, *Le Principe responsabilité*, Paris, Flammarion, « Champs », 2009 (éd. originale en allemand, 1979), p. 31.

Page 118 – « Effondrement total… » : Dumont, René, *L'Utopie ou la mort*, Paris, Seuil, 1973, p. 8.

Page 118 – « Pour la première fois… » : Diamond, Jared, *Effondrement*, Paris, Gallimard, 2006, p. 40.

Page 119 – « Le bonheur est une idée… » : le 3 mars 1794 : « Que l'Europe apprenne que vous ne voulez plus un malheureux ni un oppresseur sur le territoire français ; que cet exemple fructifie la terre, qu'il y propage l'amour des vertus et le bonheur. Le bonheur est une idée neuve en Europe. »

Page 121 – Les données sur le revenu national brut par habitant et le PIB de l'économie mondiale, en Europe et dans le monde, proviennent de la Banque mondiale : http://donnees.banquemondiale.org/region/WLD, consulté le 20 février 2012.

Page 121 – *les émissions par unité de PIB* : IEA, *CO_2 Emissions from Fuel Combustion, Highlights, 2009 edition*, Paris, 2009, p. 83.

Page 122 – *controverse* : Ehrlich, Paul, et Holdren, John, « Impact of Population Growth », *Science*, 26 mars 1971, p. 1212 *sq*. Commoner, Barry, « The Environmental Cost of Economic Growth », in *Population, Resources and the Environment*, Washington, DC, Government Printing Office, 1972, p. 339 *sq*.

Page 122 – *Tim Jackson* : Jackson, Tim, *Prospérité sans croissance*, Bruxelles, De Boeck, 2010, p. 31. Nous prenons les chiffres de la Banque mondiale. Le revenu national brut résulte de la division du produit national brut par le nombre d'habitants. L'intensité en carbone résulte de la division du produit national brut par le nombre de tonnes de CO_2.

Page 122 – Émissions de CO_2 en 2010 : Jos G.J. Olivier *et al.*, *Long-term trend in global CO_2 emissions, 2011 Report*, PLB Netherlands environmental assessment Agency & JRC-European commission, 2011.

Page 123 – *les scénarios du GIEC* : chapitre 3 de IPCC, *Fourth Assessment Report, Climate Change 2007 : Mitigation of Climate Change*, Cambridge University Press, 2007, p. 198.

Page 124 – *James Hoggan* : Hoggan, James, *Climate Cover-Up*, Vancouver, Greystone Books, 2009.

Page 124 – *Naomi Oreskes et Erik Conway* : Oreskes, Naomi, et Conway, Erik, *Merchants of Doubt*, Bloomsbury Press, 2010.

Page 124 – *Greenpeace* : Greenpeace, *Climat de doute*, www.greenpeace.org, mars 2010, et : Greenpeace, « Koch Industries : Secretly Funding the Climate Denial Machine », mars 2010.

Page 124-125 – *raconte Pierre Radanne* : entretien avec l'auteur le 10 avril 2010, écoutable sur Reporterre : http://www.reporterre.net/spip.php ?article1077.

Page 125 – *OCDE* : OECD, *Perspectives on Global Development*, 2010.

Page 125 – *pays du Sud et pays riches* : « List of Countries by GDP (PPP) per capita », http://en.wikipedia.org, consulté le 13 août 2010.

Page 125 – *revenu moyen* : « Le niveau de vie par habitant des pays à hauts revenus est cinq fois plus élevé que la moyenne mondiale », Observatoire des inégalités, 15 janvier 2008. ww.inegalites.fr/spip.php ?article13&id_mot=116.

Page 126 – Kenneth Pomeranz : Pomeranz, Kenneth, *Une grande divergence. La Chine, l'Europe et la construction de l'économie mondiale*, Paris, Albin Michel-Maison des sciences de l'homme, 2010. Cité par Minard, Philippe, « Révolution industrielle : pourquoi l'Europe plutôt que la Chine ? », *Alternatives économiques*, juin 2010.

Page 128 – *inégalités* : OCDE, *Croissance et inégalités*, 2008, p. 38.

Page 130 – « La granulométrie… » : entretien avec l'auteur le 10 avril 2010, écoutable sur Reporterre : http://www.reporterre.net/spip.php ?article1077.

7. Vertu de la démocratie

Page 133 – *congrès de la Fédération internationale des journalistes d'environnement* : www.ifej.org.

Page 133 – *Le Dieu des petits riens* : Paris, Gallimard, 1998.

Page 134 – *Irom Sharmila* : Chaudury, Shoma, *Tehelka*, traduit sous le titre « Dix ans de jeûne solitaire » par *Courrier international*, 22 avril 2010.

Page 134 – *Armed forces special powers act* : South Asia Human Rights Documentation Centre, « Armed Forces Special Powers Act : a Study in National Security Tyranny », New Delhi, sans date.

Page 134 – *Human Rights Watch*: Human Rights Watch, « These Fellows Must Be Eliminated: Relentless Violence and Impunity in Manipur », 2008.

Page 134 – *associations de droits de l'homme*: « State of Concern », *The Economist*, 20 février 2010.

Page 135 – « naxalite » : Chakravarti, Sudeep, *Red Sun, Travels in Naxalite Country*, New York, Penguin Books, 2009, p. XV.

Page 135 – « le naxalisme était… » : « Peace Depends on Pakistan Stopping Terrorists : Manmohan », *The Hindu*, 15 août 2010.

Page 135 – « Après la chute du mur de Berlin… » : entretien avec l'auteur le 6 novembre 2009. Lire aussi : Roy, Arundhati, *Listening to Grasshopers*, New Delhi, Penguin, 2009.

Page 136 – « l'extrêmisme de gauche… » : cité par : Roy, Arundhati, « Mr Chidambaram's war », *Outlook*, 9 novembre 2009.

Page 136 – *Dans le district de Jagatsinghpur… En Orisssa et au Jharkhand… Dans le Maharashtra* : « Inde : protestations en Orissa contre l'implantation d'un complexe sidérurgique », 18 mai 2010, http://zenit.org.

Page 137 – « La couche bureaucratique… » : Domenach, Jean-Luc, « La Chine, ou les défis de l'État-parti », *Le Monde*, 6 octobre 2009.

Page 138 – *l'INSEE constate que les 20 % des ménages* : INSEE, *L'Économie française. Comptes et dossiers. Édition 2010*, 2010, p. 114.

Page 138 – *Greenpeace India a réalisé* : Ananthapadmanabhan G. *et al.*, « Hiding Behind the Poor », Greenpeace India Society, 2007.

Page 139 – *Des chercheurs américains ont esquissé* : Chakravarty, Shoibal *et al.*, « Sharing Global CO_2 Emission Reductions Among one Billion High Emitters », *PNAS*, 23 mai 2009.

Page 140 – « En France… » : Hazan, Éric, « Une oppression silencieuse », *Témoignage chrétien*, 29 octobre 2009.

Page 140 – « L'objectif véritable… » ; « Une bonne moitié… » : Dubois, Jean-Pierre, propos recueillis par F. J., *Le Monde*, 10 février 2010.

Page 141 – *un membre du Mouvement d'action non violente* : Haeringer, Nicolas, « La journée d'un interpellé ordinaire », 18 décembre 2010, www.reporterre.net.

Page 142 – *La police interpella plus de 900 manifestants* : Erman, Boyd, « Police G20 Tactics Give Toronto a Black Eye », juin 2010, www.ctv.ca.

Page 142 – « Plusieurs des scènes… » : *ibid.*

Page 142 – les agents provocateurs : « Des agents provocateurs auraient infiltré les manifestants », Radio Canada et *Le Devoir*, 2 juillet 2010.

Page 142 – *l'emploi répété du mot « guerre »* : Chalandon, Sorj, « Les drôles de guerres de Sarkozy », *Le Canard enchaîné*, 28 juillet 2010.

Page 143 – « Nous ne sommes plus en présence… » : Tubiana, Michel, in Ligue des droits de l'homme, *Une société de surveillance ?*, Paris, La Découverte, 2009, p. 101.

Page 145 – « Prétendre qu'il n'y a pas… » : *Les Échos*, 8 janvier 2008.

Page 145 – « tous les hommes possèdent… » : Finley, Moses, *Démocratie antique, démocratie moderne*, Paris, Payot et Rivages, 2003, p. 75.

Page 146 – « la politique de la démocratie… » : Sen, Amartya, *La Démocratie des autres*, Paris, Rivages, 2006, p. 71.

Page 146 – « Il s'agit aujourd'hui de défaire… » : Kessler, Denis, « Adieu 1945, raccrochons notre pays au monde ! », *Challenges*, 4 octobre 2007.

Page 147 – « La pleine liberté de pensée… » : Conseil national de la résistance, « Programme du conseil national de la résistance », 15 mars 1944.

Page 147 – *En Inde, paysans et tribus* : Amnesty International, « Le gouvernement indien refuse la mine de bauxite de Vedanta », communiqué de presse, 24 août 2010.

Page 148 – *des journalistes mettent au jour* : voir le film de Marie-Monique Robin, *Le Monde selon Monsanto*, Arte, 2008, et celui d'Éric Guéret et Laure Noualhat, *Le Cauchemar du nucléaire*, Arte, 2009.

Page 148 – *le mouvement basque voit reconnaître* : voir www.ehlgdoitvivre.org.

Page 148 – *des paysans ont imposé* : vaccin contre la fièvre catharale ovine. Voir : Confédération paysanne, « Une victoire des paysans, le vaccin FCO n'est plus obligatoire », 23 juillet 2010, www.reporterre.net.

Page 148 – « Les individus ne sont pas devenus… » : entretien avec Cécile Daumas, *Magazine Next*, avril 2010, http://inventerre.canalblog.com/archives/2010/04/06/17468223.html.

Page 148 – « Le résultat, c'est que les travailleurs… » : « Welcome to the Real World », *The Economist*, 12 décembre 2009.

Page 149 – *Des Camps action climat se déroulent* : www.uncampement.net, consulté le 17 août 2010.

Page 149 – « Les gen-te-s peuvent s'organiser… » : www.campclimat.org/spip.php ?article41, consulté le 17 août 2010.

Page 151 – *au début du XIX*e *siècle, Benjamin Constant* : Constant, Benjamin, *De la liberté des anciens comparée à celle des modernes*, Paris, Mille et une nuits, 2010.

Page 151 – « non seulement n'exclut pas… » : Castoriadis, Cornelius, *La Cité et les Lois. Ce qui fait la Grèce*, II, Paris, Seuil, 2008, p. 29.

Page 152 – « La question, pour une politique démocratique… » : *ibid.*, p. 194.

Page 152 – « Lorsque j'écoute un grand pianiste… » : *ibid.*, p. 196.

Page 154 – « Lorsque les Grecs dans l'Antiquité… » : Castoriadis, Cornelius, Cohn-Bendit, Daniel, et le public de Louvain-la-Neuve, *op. cit.*, p. 107.

Page 154-155 – « la morale socialiste » : Chanial, Pierre, « Au-delà du règne de l'intérêt : la critique morale du capitalisme des premiers socialistes français », in *Peut-on critiquer le capitalisme ?*, Paris, La Dispute, 2008, p. 46.

Page 155 – Kropotkine, Pierre, *L'Entraide*, Montréal, Écosociété, 2001.

Table

Pour rester informé des sujets abordés par ce livre
et en discuter, vous pouvez consulter le site :
www.reporterre.net

Pour dialoguer avec l'auteur, vous pouvez lui écrire à :
planete@reporterre.net

RÉALISATION : IGS-CP À L'ISLE-D'ESPAGNAC
IMPRESSION : NORMANDIE ROTO S.A.S. À LONRAI
DÉPÔT LÉGAL : JANVIER 2013. N° 110218 (124762)
Imprimé en France